LÁGRIMAS OSCURAS

ExLibric

ÁLEX MADRIGAL DE ANDRÉS

LÁGRIMAS OSCURAS

EXLIBRIC
ANTEQUERA 2025

LÁGRIMAS OSCURAS
© Álex Madrigal de Andrés
Diseño de portada: Dpto. de Diseño Gráfico Exlibric

Iª edición

© ExLibric, 2025.

Editado por: ExLibric
c/ Cueva de Viera, 2, Local 3
Centro Negocios CADI
29200 Antequera (Málaga)
Teléfono: 952 70 60 04
Fax: 952 84 55 03
Correo electrónico: exlibric@exlibric.com
Internet: www.exlibric.com

ISBN: 979-13-87707-86-6
Depósito Legal: MA 1021-2025

Impresión: PODiPrint
Impreso en Andalucía – España

Nota de la editorial: ExLibric pertenece a Innovación y Cualificación S. L.

ÁLEX MADRIGAL DE ANDRÉS

LÁGRIMAS OSCURAS

El bosque

Me encuentro en un bosque: solo, desolado, vencido por las garras de la muerte. Un bosque donde se puede oler el rastro de las almas caídas, aquellas que no soportaron el dolor de una muerte tan fría, una muerte que habitaba dentro de mí.

Mi rostro está mugriento, quebrado, como si hubiera caído por un acantilado lleno de rocas. Todo mi ser deambula con pesadumbre, como si ya no quedara nada dentro de mí, solo un corazón desgastado, sin ese color rojo tan vivo que debería resaltarse a simple vista. Un corazón sin vida.

Mis pupilas están oscuras; dentro de ellas se puede ver cómo la muerte me acecha entre las sombras y los rincones del bosque. Escucho los crujidos de las ramas, los gemidos de las almas perdidas que vagan a mi alrededor, con la cabeza gacha, sin rumbo. Almas condenadas a vivir en la oscuridad y el llanto de este bosque.

Tengo miedo. Un miedo visceral que recorría todo mi cuerpo, que me hace temblar. Ese miedo de siempre, el que me controla. De mi boca comienza a salir un humo negro, tan oscuro que oculta todo lo que había dentro. Mis ojos se voltean por completo y se tornan de un rojo sangriento. Sé que ese es mi momento, el instante de marcharme de este mundo tan cruel y horrible que me había tocado vivir.

Pero algo dentro de mí se resiste. Una chispa, una mínima fuerza que queda después de tanto sufrimiento. Sigo andando, como si nada pasara, aunque lo peor aún está por llegar.

Las almas perdidas me observan. Suponen que me resisto a la muerte. No pueden aceptar que escape de sus garras. Entonces un grito colectivo sacude el bosque; no se oye nada más que ese coro de lamentos. Mi cabeza retumba. No sé explicar la sensación: solo quiero morir. Cierro los ojos con todas mis fuerzas. Cuando los abro, están todas ahí, alrededor de mí, mirándome fijamente.

Pasan unos segundos. Cada una de ellas empieza a atravesarme, una tras otra, como balas disparadas por una pistola. Siento el sufrimiento y el dolor de cada alma. Me resisto, pero son demasiadas. Mi cuerpo, finalmente, cae al suelo, derrotado.

Algo me abre la boca. Mis ojos se desbordan en lágrimas. Veo a todas las almas sobre mí, entrando una por una. Cuando la última termina de hacerlo, una caja de música comienza a sonar. Mi cuerpo se retuerce: cada hueso cruje y se rompe.

Entonces, mi boca se abre y todas las almas salen, aterradas por lo que han visto dentro de mí. Se esconden detrás de los árboles. Solo puedo ver una parte de ellas, mientras susurran una profecía.

Al mirar mis manos, noto que tengo un bastón con una calavera en una y unas garras ensangrentadas en la otra. Entonces las almas dicen, una y otra vez:

—La muerte está aquí, la muerte está aquí, la muerte está aquí.

Al terminar su canto, todas me señalan. Mi mano se alza sola y, de ella, surge una luz estelar.

Todo desaparece.

Escaparse de la realidad

Me ahogo con mis propias lágrimas, que brotan de mis humildes ojos, tan cargados de una mirada tenebrosa que la gente evita cruzarse con ellos por el simple hecho de cómo son. Cada día voy al banco donde me escapo de mi realidad y viajo por mundos inexplicables, lugares donde puedo ser yo mismo y volar entre nubes suaves.

Como siempre, para evadirme de mi realidad, me pongo los cascos y cierro los ojos. En ese instante, mi mente se queda en blanco por unos segundos, pero dentro de mí arde ese fuego que no me permite escapar. Intento tranquilizarme y no pensar, pero de pronto mi mente empieza a mancharse con pequeñas manchas oscuras. Intento abrir los ojos, pero no puedo: es como si me los hubieran grapado. Estoy intranquilo, no puedo respirar. Todo mi pensamiento se tiñe de negro; la temperatura ha cambiado, ahora es un frío inquietante. Mis ojos por fin se abren. Donde me encuentro, ya no es el mismo banco en el que me había sentado. Ahora estoy en el precipicio de una montaña. Mi cuerpo, aterrorizado, no sabe cómo reaccionar. Miro hacia abajo: las nubes no son azules, son negras.

Estoy perdido.

No sé qué hacer.

Después de un rato, decido avanzar. Lo que veo no es una montaña común: hay calaveras clavadas en palos de madera de unos diez metros. Me acerco a una para observarla mejor y, para mi sorpresa, cada una de ellas tiene una frase distinta. Levanto las manos para tocar una. Una lágrima se desliza por mi mejilla. Abrazo la madera que sostiene la calavera. Al instante, un soplo de viento me roza la nuca. Me giro, poco a poco. Mis pupilas se dilatan: es una mujer. Tiene el cabello tan largo que le llega más abajode las caderas.

—Por favor, ayúdame —dice con un tono de desesperación.

—¿En qué? ¿Qué necesitas? —respondo, tragando saliva.

—Por favor, ayúdame. Ya viene. Si me atrapa otra vez, me encerrará para toda la eternidad.

En ese momento, unos crujidos, como si algo se estuviera retorciendo, nos interrumpen. Ambos callamos. El sonido proviene del precipicio. Camino despacio y con cautela. Cuando llego al borde, unas manos me agarran el pie y me tiran al suelo. Intento sujetarme a algo, pero la criatura es demasiado fuerte. Me tiene al borde del abismo. Entonces, la veo: una criatura aterradora, que se retuerce como si no sintiera dolor. Su cuerpo es negro, con manchas rojas; sus ojos reflejan el infierno. Dos cuernos giratorioscon unas uñas que podía descuartizar solo con tocarte. Ya me tenía a punto de arrojarme al vacío, cuando la mujer me agarra de la mano y tira con todas sus fuerzas.

—Corre. Vámonos ya —dice con miedo.

Huimos hacia el bosque profundo. Corremos con desesperación. Pero cuando me doy cuenta, ella ya no está. Ha desaparecido. Me detengo a descansar en una roca. El miedo se palpa en el ambiente. Entonces, veo una especie de bola de cristal. Me reflejo en ella. La tomo con curiosidad. Al tocarla, mi mente se llena de visiones. Veo al monstruo riendo. Aparece una imagen de varias personas encerradas en jaulas, rodeadas de destrucción, sangre y cadáveres en descomposición. Se oyen súplicas.

La bola cae al suelo. En cuanto lo toca, las visiones se disipan como humo de chimenea. Las voces siguen resonando en mi mente. Es doloroso. Sus ojos claman ayuda. Me levanto. No puedo quedarme quieto.

Camino, preguntándome si esto es un sueño o una cruel realidad donde los destrozados, como yo, quedan atrapados para siempre.

Encuentro un castillo enorme, tan alto que las nubes ocultan su cima. Entro, ahogado en angustia. Pero el miedo no detiene mis pasos. Una ráfaga de aire y una tormenta de polvo me reciben. La decoración es antigua, y el frío se intensifica a cada paso.

Estoy perdido. Una puerta metálica se abre sola. Veo un rastro de cadáveres y sangre. Algo me empuja y caigo en medio de ellos. El olor es insoportable. Escucho un ruido a mi espalda: el monstruo. Me quiere atrapar. Corro. Abro una puerta con fuerza: es la sala de la visión. Las personas, que había visto en los reflejos de la bola cristal, en las jaulas, me piden ayuda. Intento abrirlas, pero no puedo.

La mujer misteriosa se acerca y me susurra:

—Solo tú puedes salvarnos. Solo tu mente, tan poderosa, puede hacerlo.

En ese instante, el monstruo la derriba de un manotazo. Luego me tumba a mí y se sube encima. Su saliva cae sobre mi rostro. Intento resistirme, aunque es más fuerte.

—Tú no eres nadie para salvar a esta gente —susurra con voz diabólica.

Cierro los ojos. Mi corazón conecta con mi mente. Relámpagos de luz brotan de mis pupilas, cegando al monstruo. Sale disparado y estalla. Sus restos caen sobre mí.

La mujer me toma de la mano y me mira a los ojos.

—Sabía que eras el indicado. Mis llamadas hacia ti han funcionado —me dice entre lágrimas, abrazándome.

Es el momento de salvarlos. Mis manos se elevan y, con un movimiento, las jaulas se abren. Todos escapan.

Desde ese instante, supe que escaparme de mi realidad podía ser peligroso, pero también entendí que puedo controlar mis sentimientos.

Amor perdido

—Por favor, no te vayas, quédate aquí conmigo. Quédate para que todo esté bien. Quédate, porque si te vas, me vas a destrozar. Quiero que estés aquí conmigo. Tú y yo, juntos, y nadie más.

Han pasado meses desde aquellas últimas palabras tan dolorosas que salieron de mi propia boca. Esa persona que, con su mirada, curaba todo. En estos últimos meses, me tortura una pregunta: ¿por qué se fue de mi lado? ¿Por qué no se quedó conmigo? Al no poder responder a esta pregunta tan angustiante, me pongo a llorar.

Voy caminando por la noche, bajo la lluvia, enfadado, triste, rabioso, intentando buscarle por todos los callejones, por si necesita mi ayuda o simplemente para poder mirarle a la cara y ver si está peor que yo. Pero nunca lo encuentro. Me quedo horas y horas caminando, hasta que no puedo más. Me pongo a llorar en un callejón, golpeando la pared hasta que se me revientan los nudillos. No paro hasta verlos completamente destrozados. Cuando llega ese punto, me apoyo contra la pared, grito, y me dejo caer al suelo, devorado por mis pensamientos.

Veo a alguien a lo lejos. Mis pupilas se dilatan, me incorporo y corro detrás de esa persona. Tengo la esperanza de que sea él. Le toco la espalda con desesperación, rezando para que sea quien creo. Esos segundos se vuelven los más lentos de mi vida. Pero no hay nadie. Es mi imaginación jugando conmigo.

Desesperado, entro a la primera tienda 24 horas, agarro la primera botella de alcohol que veo y me la empiezo a beber. Después de vaciar casi toda la botella, me desmayo.

Horas después, me despierto tirado en el suelo de un parque. Un gato está sentado a mi lado. Lo acaricio y se restriega contra mi cabeza. Me levanto y el gato sale corriendo. Lo sigo hasta que se mete en un callejón. Lo pierdo de vista. Empiezo a buscarlo, pero no lo encuentro. Decido irme.

Nada más salir del callejón, me choco con alguien. Me quedo mirándolo. Mi boca empieza a temblar y todo mi cuerpo se paraliza. El chico dice:

—¿Me estabas buscando?

Tristeza

Estoy en el bosque, andando solo. Me siento frágil, como una bola de cristal que, si cae, se rompe en mil pedazos. Mientras camino, me atormentan un montón de ruidos, pero nunca llego a saber qué son. Sé que a veces no se puede luchar contra todo, que intentamos resistir con nuestras fuerzas, pero hay días en los que esas mismas fuerzas nos derrotan.

He caminado durante mucho tiempo, pero mi cuerpo y mi mente me suplican descansar. Me siento en un tronco, con la mirada clavada en el suelo, pensando que me había rendido. Y solo pensarlo, me consume aún más en tristeza. No voy a mentir: en ese momento, me rindo. No quiero seguir luchando. Solo pienso que estoy perdido en el bosque y quizás, en realidad, lo estoy. No sé cómo seguir.

Entonces, el bosque empieza a oscurecerse. Las criaturas que habitan allí despiertan. Puedo escuchar los rugidos de los monstruos escondidos entre los árboles, pero ninguno se acerca. Comienza a llover con fuerza. Las gotas golpean mi cuerpo, pero ni siquiera las siento.

Hasta que escucho un ruido que me pone los pelos de punta. Mi cuerpo reacciona solo, sale disparado como una bala sin rumbo. Ya no oigo ese ruido; algo dentro de mí se tranquiliza.

Seguí andando, explorando el bosque, hasta que encuentro un ciervo muerto. Me arrodillo frente a él, lo acaricio con ternura y le ofrezco todo mi amor. Entonces, el ciervo abre los ojos, se levanta y se restriega en mi cabeza. En ese instante, al mirar sus ojos, me siento en paz. El ciervo sale corriendo. Intento seguirlo, pero no puedo alcanzarlo.

Me doy cuenta de que él y yo tenemos algo en común, aunque aún no sé qué es.

Entonces, mi cuerpo empieza a moverse por sí solo. No soy yo quien lo guía. El bosque empieza a brillar. Puedo sentir cada rayo de sol atravesándome. Fue en ese momento cuando lo entiendo: el bosque no existe. Solo estoy perdido en mi mente y el ciervo soy yo. Por eso, al ofrecerle mi amor, al tranquilizarlo, al aceptar mi tristeza comprendo cómo aprender a vivir con ella.

La niebla

Me siento como un barco sin rumbo, chocando contra las olas que rompen en la cubierta. A lo lejos, solo se ve la niebla. Me quedo mirándola, desafiándola, preparándome para una guerra que ni yo sé cómo voy a librar. Pero ahí me quedo, como un pasmarote, sin pensar ni hacer nada, solo frente a la niebla, esperando desaparecer en un lugar tan frío, tan húmedo, que se cuela por todo mi cuerpo como si fuera una bola de cristal que, poco a poco, se va resquebrajando.

Pero la niebla no avanza. Se queda ahí, inmóvil, esperando a que reaccione. Mis labios empiezan a temblar y siento la lágrima que desciende por mi rostro, hasta posarse en mis labios. Estos reaccionan y, finalmente, una voz muy suave sale de mí:

—Me tienes aquí. ¿No vas a hacer nada?

Siento un dolor en la cabeza, como si me clavaran dagas. El dolor es insoportable. Aguanto todo lo que puedo, hasta que un gemido escapa de mi boca y grito con todas mis fuerzas, hasta que mis cuerdas vocales no dieron más de sí.

Entonces, la niebla sale disparada hacia mí.

Miro al frente, contengo la respiración, cierro los ojos y me protejo con las manos, cubriéndome la cabeza. Pasan unos segundos y no siento nada. Abro los ojos lentamente.

Ahí está: la niebla, a unos centímetros de mí.

Me levanto asustado, cuando de pronto una ola golpea el barco. Este comienza a tambalearse. No sé qué hacer. Me giro para correr, pero en ese mismo instante, la niebla se lanza como una bala y me atrapa.

La tormenta

Me siento solo, de rodillas sobre el sofá, esperando esa lluvia tormentosa que se aproxima a lo lejos. Miro al frente, sin apartar la vista de la oscuridad que tengo delante. Las rodillas se van desgastando poco a poco; cada minuto es un sufrimiento que soporta mi pequeño corazón, rodeado de espinas que se clavan como si no importara el dolor. Mi rostro está apagado, como una cerilla cuando se le consume esa llama tan bonita; y de pronto, esa llama se apaga y solo queda la madera desgastada por el calor.

Una mariposa se posa sobre mi mano. Sus alas son de color morado. Mis dedos comienzan a oscurecerse, como si ya no fluyera sangre por mis venas. El color de las alas también empieza a desvanecerse, como la noche. Veo a la mariposa apagarse poco a poco y, aunque me duele, no me importa verla sufrir. Mis dedos arden, como si tuviera fuego en las manos. La mariposa no soporta el calor que proviene de mí: esas alas tan bonitas se convierten en cenizas y se desvanecen con el aire.

Lo más aterrador es que me gustaba ver sufrir a la mariposa.

Una sonrisa perversa se dibuja en mi rostro y la sangre comienza a brotar por mi boca. No puedo dejar de reír, como un loco a la deriva de la oscuridad. Hasta que algo explota dentro de mí. Mis pupilas se vuelven hacia arriba y mis ojos se ponen en blanco. Un grito tan desgarrador sale desde el fondo de mi ser que siento cómo me estallan los tímpanos. Ya no solo mis dedos están oscurecidos; todo mi cuerpo lo está. Siento un calor tan intenso que noto cómo cada célula de mi cuerpo empieza a morir. Me ahogo con mi propia sangre, que fluye de mi boca. No puedo respirar. Solo alcanzo a suplicar:

—Por favor, acaba con mi sufrimiento.

Algo me sujeta la cabeza y obliga mi mirada hacia el frente. Mis ojos ya no están en blanco: ahora son completamente negros y la sangre sigue chorreando de mi boca. La tormenta se acerca. Puedo oír gritos en mi cabeza, gritos que claman ayuda, gritos de puro sufrimiento. Solo quiero que todo termine. No soporto más las voces en mi mente. Quiero huir de este lugar, pero algo me retiene: unas cadenas con pinchos me sujetan. Cada movimiento que hago me desgarra más la piel. Cuanto más intento escapar, más se clavan los pinchos.

La tormenta está a pocos metros de mí. Sé que cuando las gotas frías de esa lluvia toquen mi piel, mi tiempo en este mundo habrá terminado. Todo lo que he luchado no habrá servido de nada. Tantas guerras, tanto esfuerzo... para nada.

Cierro los ojos durante unos segundos. Siento el frío de la primera gota sobre mi piel. Entonces, una de las cadenas se enrosca en mi cuello y lo parte como si fuera una esponja. Mi cuerpo cae, desplomado, como una colilla de cigarro. Ahí queda, destrozado. La sangre roja se mezcla con el agua de la tormenta, formando un charco.

Y ahí estoy yo, debajo de la tormenta que me venció.

Advertencia

Bueno, como ya ves, esto no es un libro de autoayuda. Cada vez el protagonista lo va pasando peor; atraviesa circunstancias difíciles en las que ni siquiera él sabe qué hacer. Te preguntarás por qué el protagonista ve su oscuridad de esa forma. A lo largo de estos relatos, encontrarás la respuesta o, simplemente, te quedarás con la duda. Ponte cómodo: aún queda lo peor.

El fuego que habita dentro de mí

Mi mente me suplica que deje de destruirme, pero una llama no deja de invadir cada rincón de mi cuerpo y de mi mente. Me agarro la cabeza con las manos y grito con todas mis fuerzas, intentando arrancarme el dolor que llevo dentro, pero no es suficiente. De pronto, la llama llega hasta mi corazón. Puedo sentir cómo cada ceniza cae de él. Ya no puedo más, solo necesito que este dolor se apague.

La llama es tan intensa que no sé cómo extinguirla. Entonces, me toca aprender a vivir con ella, con el fuego en el corazón, seguir existiendo, aunque sepa que algún día mi corazón dejará de latir. Seguramente, ya está consumido. Me rindo. Decido que el fuego me devore por completo.

Pasan los días, los meses, incluso los años. Aprendo a vivir con el dolor. Pero, al llegar la noche, el fuego se intensifica más y más. Me aguanto las lágrimas, me quedo acostado, derrotado por el sufrimiento y las ganas de llorar, hasta que un día no despierto. Las llamas han consumido mi corazón. Sabía que ese día llegaría, pero nunca creí que acabaría así por culpa mía.

Me arrodillo junto a mi propio cuerpo. Una lágrima brota de mi ojo. Toda mi vida se ha tornado oscuridad y sombra. Me quedo arrodillado mucho tiempo, mirando al suelo, hasta que el corazón vuelve a arder. Este dolor es distinto: siento cómo cada célula de mi corazón se quema. Grito con fuerza. El suelo tiembla. Las sombras desaparecen. Mi cuerpo se deshace en cenizas y se esparcen con el viento.

Mi cuerpo empieza a brillar. La llama crece dentro de mí con tanta intensidad que no puedo sentir nada. De mis ojos brotan lágrimas doradas a causa del fuego que me quema el rostro. De mi nariz y mi boca también fluyen esas mismas gotas. Me levanto como puedo, grité, y todo el fuego sale de mi cuerpo.

Todo a mi alrededor comienza a arder. No siento miedo, sino alivio: la llama ya no me habita. Me siento en el suelo y abro las palmas de las manos.

Entonces, el fuego regresa a mí, pero no como enemigo, sino como parte de mí.

Me levanto de la cama. El fuego ya no habita dentro de mí.

Comprendo que ese fuego interior no debe consumirnos, sino que debemos aprender a vivir con él y calmar sus llamas.

El mar tranquilo

Cada día voy a la orilla del mar con una rosa en las manos. Siento cómo las olas rompen en la costa y tocan mis pies. Me quedo ahí, sentado, contemplando el atardecer, viendo cómo el sol se esconde poco a poco. Estoy solo en la playa. No hay nadie más, solo el mar, el atardecer y yo.

Mi mirada está perdida. No sé dónde mirar. Me siento perdido y no sé cómo encontrar mi rumbo. Se acerca una mujer mayor y se sienta a mi lado, también con una rosa entre las manos.

—¿Qué haces aquí, joven?

Una lágrima cae de mi mejilla y se hunde en la arena.

—Espero a alguien… pero nunca aparece.

La mujer deja la rosa sobre la arena y me mira con ternura.

—¿Alguien cercano a ti? —pregunta sin malicia.

—Sí. Siempre vengo a esta playa, una vez al mes, pero nunca aparece.

Tras decir eso, dejo mi rosa al lado de la suya. La mujer me toma de la mano y me dice:

—Ten fe. Seguro que algún día aparecerá.

Cuando me giro para verla, ya se está alejando. Me resulta extrañamente familiar. Se ha dejado la rosa. Corro tras ella, pero no la alcanzo. Desaparece de un instante a otro. Algo dentro de mí me dice que la conozco de algo, pero no recuerdo de qué.

Al mes siguiente vuelvo a la playa. Esta vez llevo dos rosas: una mía, y otra para la mujer mayor. Me siento en el mismo sitio de siempre, viendo el atardecer, esperando.

—¿Sigues esperando a esa persona? —dice una voz detrás de mí.

—Sí, como siempre… no aparece. ¿Y tú? ¿Esperas a alguien?

—Sí. Llevo mucho tiempo esperando para verle otra vez. Y fíjate, ya lo he visto dos veces.

Me atrevo a girarme. Cuando veo su rostro, una lágrima recorre mi mejilla. La mujer me abraza, y los dos empezamos a desaparecer poco a poco, como polvo llevado por el viento.

El mar tranquilo, la otra persona

Lo siento mucho por irme sin avisar y sin decir nada, pero toda mi alma necesitaba explotar toda esta rabia que llevo por dentro. Sé que no tendría que haberme ido así, sin más, pero no aguantaba... no aguantaba verte ir y no decirte adiós.

Sé que en otra vida podré verte con otros ojos, pero en esta no podía seguir quemándome por dentro y permaneciendo en un sitio que no era mío. Siempre me sentaré en la orilla del mar con una rosa, esperando por si algún día llegas y te sientas a mi lado. Ese día sé que no hablaremos, solo me tomarás de la mano y me limpiarás la lágrima que caerá lentamente de mi ojo. Te miraré y, en ese instante, desaparecerás como la ceniza de un cigarrillo. Cada partícula de tu cuerpo caminará hacia el mar. Me quedaré observando cómo te vas, sin saber a dónde ir.

Ahora solo me queda volver, mes tras mes, a la orilla, esperando por si algún día regresas y, esta vez, decides quedarte.

Pasaron los días, los meses, incluso los años. Mi mente me decía que nunca volverías, pero mi corazón aún esperaba que te sentaras de nuevo a mi lado, mirando el mar, dándome la rosa que me prometiste.

Siempre llevaba conmigo la carta que me dejaste cuando te despediste. La leía una y otra vez, y siempre lloraba. Pero no estabas ahí para secar mis lágrimas, y eso era lo que más me consumía: no poder sentir el tacto de tus manos en mi rostro, no poder ver esa mirada que lograba que me olvidara de todo.

Después de tantos años yendo a la orilla del mar, llegó el día en que apareciste. Mis ojos se agrandaron, me quedé sin palabras. En ese momento me diste la rosa prometida, me limpiaste la lágrima y me tomaste de la mano. Entonces, los dos desaparecimos en cenizas, mientras el mar y el sol comenzaban a brillar.

Desde ese día, los familiares de la pareja —sus hijos— llevan la rosa y la carta.

Estas dos historias están conectadas. Son la misma historia de amor vista desde dos almas, desde dos destinos trágicos que se cruzan en la eternidad.

Lago oscuro

Quiero desplegar las alas de mi espalda, pero una daga envenenada me lo impide. Siempre he soñado con volar, tocar las nubes, sentir el aire acariciando mi rostro como si fuera un pájaro sin rumbo. Pero claro, solo es imaginación.

La realidad es que estoy atrapado en un lago oscuro, ahogándome, sin nadie que me salve. Mi cuerpo se va hundiendo poco a poco, sin fuerzas para luchar. Caigo en la oscuridad del lago. Puedo ver cómo me hundo, pero no hago nada. Solo me dejo ahogar, en silencio. Llego al fondo. Mi cuerpo yace muerto de pena, ansiando que sus alas se liberen.

Al día siguiente, despierto nuevamente en el mismo lago, aún más oscuro. Esta vez no hay fondo: caigo eternamente. Trato de nadar hacia la superficie, pero una cadena se enrosca en mi pierna, clavándose con pinchos. Lucho con todas mis fuerzas, pero no puedo escapar. La cadena me derrota. Caigo, desangrándome, y siento cada gota fluir, hasta que una lágrima negra brota desde mi corazón.

Comprendo que mi destino es la oscuridad. Solo me queda esperar. Algún día —algún día— despertaré… y podré volar libre.

Invisibilidad

Esta es una historia tan desgarradora que, para contarla, necesito tragar saliva. Nunca sé por dónde empezar. Será que, a veces, me pongo en la piel de la persona que ha vivido esta historia tan triste y trágica.

Bueno, allá vamos.

Una noche tranquila, caminando por la calle, iba andando, donde cada vez que pasaban mis pies, cansados de andar, se rompían las hojas tan secas de los árboles. Recuerdo que eran las 10:30, más o menos; esa hora que hace que la noche sea más intensa. El frío podía hacer que todo el vello de mis brazos se pusiera de punta. El aire tan cálido podía entrar por los agujeros de la nariz y permitía oler todo lo que se movía a mi alrededor, dejando una sensación de soledad.

Recuerdo que aquel día me disponía a ver una película en el cine, una que siempre veía cada año cuando llegaban estas fechas. Era como una especie de tradición. Iba solo, sin nadie, como un lobo solitario que no quiere contacto con nadie, solo pasar por la multitud sin que nadie se dé cuenta del rastro de pena que dejaba.

Ya estaba llegando al cine, pero una señora me agarró de la mano para darme una flor rota. Solo me miró, sin decir nada, y se marchó. Yo tampoco dije nada. Solo miré la flor, extrañado, la tiré como si no fuera nada y me fui directo al cine.

Una persona se chocó conmigo como si yo fuera invisible y no dijo absolutamente nada. Solo siguió adelante sin pararse a pedirme disculpas. No le di mucha importancia. Llegué a la cola para preguntar a un señor dónde se compraban las entradas, pero no me hizo caso. Se lo pregunté una segunda vez, y tampoco respondió. Me puse delante de él, haciéndole gestos como un mimo, y le pregunté una tercera vez. Ni siquiera hizo un solo movimiento.

Me dirigí al baño. Todo estaba tranquilo, hasta que me di cuenta de que no me veía reflejado en el espejo. Pensé que todo era producto de mi imaginación. Me froté los ojos con fuerza, frustrado, pero no funcionó. Di un puñetazo al espejo, gritando con toda mi rabia. El espejo estalló en miles de trozos diminutos, esparciéndose a mi alrededor. Me corté la mano con el golpe. La sangre no paraba de salir. Escuchaba cómo las gotas se rompían al caer en la pila del lavabo. Pero, al mirar de nuevo, el espejo estaba intacto. Apreté los puños por la frustración. No había manchas de sangre. Miré mi mano: no tenía herida alguna.

Empecé a dar vueltas, como un loco, sin saber qué hacer. De pronto, se hizo un silencio intenso y el baño empezó a temblar, como si hubiera un terremoto. Los azulejos se caían, las pilas se rompían, el agua salía a presión de las tuberías. Me agaché, cubriéndome la cabeza con los brazos. No veía nada, solo escuchaba cómo todo se venía abajo.

Cuando todo paró, me levanté poco a poco. Me temblaban las piernas, el corazón me latía a mil por hora, como si fuera a salirse por la boca. Solo se veía el polvo que había causado el temblor. Saqué mi móvil para llamar a la policía, pero no tenía cobertura. Intenté salir del baño, pero la puerta estaba cerrada o algo la impedía abrirse. Empecé a dar golpes a la puerta, pidiendo ayuda. Mi voz temblaba de miedo. Me puse como un desquiciado.

Rompía todo lo que veía, pegaba puñetazos a la pared, dejándome los nudillos ensangrentados.

Me senté en el suelo a reflexionar, intentando encontrar una salida. Entonces, sentí cómo el suelo se agrietaba. Me eché hacia atrás hasta tocar la pared. El suelo se rompió, dejando un hueco enorme. Me asomé con miedo, pero solo veía oscuridad. Una luz naranja parpadeaba al fondo.

De pronto, mis pies resbalaron y caí al abismo.

Mi cuerpo impactó contra el agua. Caí cinco metros de profundidad. Me costó reaccionar. Cuando logré orientarme, nadé hacia la superficie. Me sequé la cara para ver dónde estaba. Había muy poca luz. Flotando, encontré una madera, me subí en ella y remé con las manos. Estaba desorientado, sin saber qué hacer.

Las paredes estaban cubiertas de moho. Las tuberías oxidadas. El olor era tan desagradable que me provocaba arcadas. Estaba remando cuando escuché un pequeño ruido a pocos metros. No estaba solo. Fui a investigar, pero no había nada.

Entonces vi una cabeza sumergida. Me quedé anonadado. Extendí la mano para tocarla. Cuando la toqué, los ojos se abrieron: unos ojos sin vida que reflejaban venganza. Me agarró y me sumergió. Solo se escuchaban mis gritos bajo el agua.

Me puse nervioso, daba vueltas intentando zafarme. Sentí algo detrás de mí. Me giré. Era una mujer vestida de blanco. Su vestido estaba roto, su apariencia era desgarradora. Me cogió de la cabeza. No podía resistirme. Cuando conseguí empujarla, el agua explotó, dejando el lugar completamente seco.

Caí al suelo, golpeándome la cabeza. Aturdido, me incorporé. Vi a la mujer de rodillas, con la cabeza agachada. En un segundo, levantó la cabeza, me miró fijamente y una lágrima de sangre cayó de su ojo. Tenía la flor rota en la mano.

Me puse frente a ella. Le cogí la mano, cerré su puño sobre la flor y le di un beso en la frente. En ese momento, caímos al suelo, como dormidos, sabiendo que nunca más despertaríamos.

Pasaron los siglos y nadie nos encontró. Solo quedaron nuestros huesos y la flor intacta.

Y así acaba esta historia tan triste que me cuesta contar.

Dicen por ahí que, si alguien encuentra la flor, esas dos personas podrán despertar y vengarse de aquellos que no supieron cuidar una simple flor.

—Profe, ¿y por qué la flor es tan mala? —preguntó un alumno.

Yo me eché a reír.

—¿Sabes por qué? Porque con una simple acción puedes destrozar a una persona. Y la flor... la flor es un objeto que muestra la persona que eres.

Título

Puedo sentir ese calor tan desgastado de tanto cansancio, ese calor que hace que mis brazos se desplieguen solos como por un simple soplido. A simple vista puede verse un rostro alegre, pero por dentro estoy tan roto que mi corazón ni siquiera puede hacer los latidos que me merezco para seguir viviendo.

Siempre miro hacia arriba para contemplar ese cielo tan bonito que tengo debajo de mí. Ese cielo que, con una simple mirada, puede reflejar una belleza tan ilusoria que nosotros mismos no percibimos. Son esas pequeñas cosas, tan tontas a veces, las que realmente nos alegran el día.

La gente pasa junto a mí sin mirarme. Les grito con todas mis fuerzas para que me escuchen, para que me ayuden, pero nunca lo hacen. Solo siguen de largo, dejando a su paso un canal de rosas marchitas que caen sobre un suelo sucio por tantas pisadas. Y yo, como un tonto, las recojo para que no se dañen más, para poder curarlas como me gustaría que me cuidaran a mí.

Lloro por ellas, porque si no lo hago yo, ¿quién lo hará?

En un instante en el que todo se paraliza, incluso las nubes, algo choca contra mí. Todas las rosas caen al suelo y se destruyen. La rabia habla por mí: mi sistema se apaga, me convierto en un robot que no siente nada. Ni siquiera tristeza.

Convertido en una máquina sin sentimientos, destruyo todo lo que hay a mi alrededor. Quiero que la gente sienta mi dolor, que sufra la misma ignorancia que yo he vivido. Quiero hacerles todo lo que esté en mi mano. Me convierto en un monstruo sin escrúpulos. Encuentro placer en ver cómo me suplican que pare. Y mi única reacción es reírme, sosteniendo su corazón en mis manos, apretándolo poco a poco hasta hacerlo estallar.

El día se hace noche. Ya no siento el calor tan agradable. Solo siento la soledad, esa que tanto me gusta y que me da placer.

Mi mente no deja de gritarme, pidiéndome que pare de una vez, que todo lo que hago está mal. Pero no la escucho. Hasta que llega el momento en que la apago, dejando un cerebro sin voz.

Me siento como un rey sentado en su trono, con todos sus súbditos arrodillados, la cabeza gacha, listos para ser degollados sin que me importen sus vidas. Los veo como esclavos. Si les pido algo, corren a besarme los pies. No tienen dignidad: se la he arrebatado yo. Solo viven para mí y para satisfacer mis deseos.

Pero para mí no es suficiente. Quiero más. Mucho más.

Decidí que a todo aquel que sintiera un simple sentimiento, lo encerraría en una cueva oscura, sin posibilidad de ver nada, hasta que me rogaran la muerte. Obviamente, no los mataría. No soy tan tonto. Si lo hiciera, estaría teniendo piedad. Y si algún día me llamaban, iría, pero solo para engañarlos y volver a encadenarlos.

Fui rey durante muchos años. Todo el mundo me respetaba. Era dueño de todos y de absolutamente todo. Nadie podía contra mí.

Hasta que un día vi una rosa floreciendo.

Y recordé toda mi antigua vida. Mi cerebro vio la oportunidad y envió una señal para que reaccionara. Cerré los ojos. Al abrirlos, un dolor agudo me atravesó el pecho. Sentí de golpe todo el daño que había causado. Era tan intenso que no pude soportarlo.

Y permití que mi corazón dejase de latir.

En ese momento, morí.

El faro

Estoy escuchando esa melodía que me causa una rigidez en el corazón, pero, a la vez, me provoca una sonrisa muy triste. Solo veo oscuridad. Veo cómo la gente a mi alrededor me ignora. Les grito para que me vean, para que me escuchen, pero mis cuerdas vocales me piden que pare, hasta dejarme afónico, con esa mirada melancólica que ni los propios ángeles son capaces de ver.

La melodía tan doliente no cesa. Me dispongo a mirarme en el espejo que tengo frente a mí, donde se refleja una especie de penumbra que me rodea. Mi cuerpo comienza a tambalearse al ritmo de la melodía. Mis brazos se extienden en torno a la niebla que habita la habitación. Ese momento donde solo estoy yo, bailando con la tristeza más pura.

Al cabo de un rato, me siento en la cama, abrazando la almohada tan fresca, como si fuera alguien que me sostiene, como si así pudiera engañar a mi mente y sentir que alguien me aprecia. Me quedo dormido, atormentado. Mis ojos, desgastados por la soledad, se abren lentamente, escudriñando cada rincón de la habitación por si hay alguien esperándome. Como siempre, no hay nadie. Solo la inquietud de otro día en soledad.

Me siento en la única silla que hay, escribiendo mis cartas. En ellas describo cómo me siento cada día del año. Lo hago por si algún día me ahogo con mis propias lágrimas, para que alguien las lea. Para que, al leer cada una de estas palabras, sientan el calvario que yo tengo que soportar, donde nadie hace absolutamente nada. Para que sepan que abandonaron a una persona que solo quería vivir, ser feliz. Que deseaba vivir con pasión, pero algo desgarrador le arrebató ese poder tan fuerte.

Al terminar la carta diaria, me levanto y me acerco a la ventana enrejada. Deslizo la cortina. Una lágrima se desliza por mi mejilla al ver que sigo aislado en medio del océano. No sé por qué lloro, si siempre estoy en aquel faro abandonado. Puedo escuchar cómo las olas se estrellan contra las rocas. Esa brisa acaricia mi piel tan seca.

Voy al cuarto donde está el panel de luces del faro. Presiono el botón para encender la bombilla, con la esperanza de que alguien me vea. Siempre que pulso el botón, suena la misma melodía. Me sitúo frente al espejo, como siempre, y mi cuerpo comienza a bailar. Pero esta vez la música se apaga rápidamente. Me quedo paralizado, sin saber qué hacer.

Corro hacia la ventana para ver si la luz sigue encendida. No está. Las olas no se rompen contra las rocas. Todo se ha paralizado en un instante. La puerta, que siempre estaba cerrada, se abre lentamente, dejando un zumbido que me inmoviliza.

Permanezco quieto mucho rato, hasta que mi cuerpo reacciona. Salgo corriendo hacia la puerta. Esta se cierra de golpe tras de mí. Delante, una escalera en espiral desciende. Bajo con la esperanza de ser libre.

Al llegar al final de las escaleras, una corriente de aire me inmoviliza. Mis piernas se empujan solas hacia adelante con fuerza. Alcanzo el precipicio de la roca. No sabía qué hacer, ni por qué la puerta se ha abierto si no había nadie esperándome.

Entonces recuerdo que, el día que me encerraron, me dijeron que cuando la puerta se abriese, sería porque mi destino había terminado.

Mi cuerpo se inclina hacia adelante. Caigo al mar. Y al sumergirme, mis ojos ven una luz tan hermosa que, por primera vez, puedo sentir la paz.

Alas

Quiero desplegar esas alas tan bellas para poder volar sobre las nubes ligeras que se alzan sobre mí. Verlas me provoca una sensación de armonía. Solo con contemplarlas un segundo, hacen que toda mi alma quiera anclarse en ese pozo tan profundo que hay en mi mente.

Extiendo mis brazos hacia arriba, como un cohete rumbo al espacio, e imagino el tacto de esas nubes tan blancas. Quiero sentir el placer de la tranquilidad. Pero ese placer no dura nada, porque no es real. Solo es una desesperanza que da un motivo irrazonable para seguir.

El desconsuelo me pesa en el pecho, haciendo que todo a mi alrededor se desvanezca. Me doy cuenta de que me estoy alejando de mí mismo, atrapado en esta toxicidad. Me acurruco en el suelo, lleno de lágrimas ardientes que provocan quemaduras en mi piel, de las que brota un líquido negro.

Quiero levantarme, pero no puedo. Una cuerda rodea todo mi cuerpo y me aprieta hasta el último hueso. Sufro por no poder hacer nada, solo por sentir ese dolor angustioso. Desde arriba, se ve cómo mi garganta se hincha con ese líquido tóxico. Al no poder soportarlo, comienza a salir por mi boca, manchándome los dientes, dejando un rastro oscuro. Me retuerzo de lado a lado, apretando los puños hasta clavarme las uñas.

Pienso que todo ha acabado, pero entonces una cuerda se enrosca en mi cuello y me asfixia. Me lanza hacia atrás, deján-dome totalmente extendido. Espero, hasta que un siseo resuena en mi oído. Giro la cabeza y siento algo frío, liso, recorriendo mi estómago hasta llegar a mi cuello.

Cuando al fin logro ver lo que es, grito de miedo: una serpiente negra saca su pequeña lengua y se desliza lentamente. Intento escapar, pero las cuerdas me mantienen prisionero. Dos manos manchadas de sangre abren mi boca para que la serpiente se introduzca en mí.

La angustia es insoportable. Cuando la serpiente entra, las manos desaparecen. Las cuerdas se aflojan. Me arrodillo, exhausto. Pero entonces, un dolor punzante en el estómago me impide levantarme. Me resbalo al suelo.

Al caer, mi espalda comienza a doler aún más. Me giro, toco mi espalda y noto que algo me pincha. Mi piel se desgarra y brota el líquido negro. Mis huesos se quiebran como palillos.

Entonces, de mi espalda emergen unas alas negras.

Y ya no siento dolor.

Ya no tengo esa mirada de felicidad. Ahora tengo una mirada de oscuridad.

Pero, en el fondo, me gusta esa oscuridad.

La serpiente se mueve en mi interior, sale por mi boca, rodea mi brazo y se queda ahí. Despliego las alas y vuelo hacia las nubes blancas para convertirlas en nubes de oscuridad y tristeza.

Cuervos

Uno, dos, tres… Esos fueron los segundos que conté antes de clavarme la estaca que tenía en la mano, directa al corazón. Al sentir cómo el afilado trozo de madera me atravesaba la carne, una especie de alivio brotó de mí, provocando un silencio tan intenso que hasta los cuervos dejaron de volar y cayeron al suelo.

Cuando la punta de la estaca cruzó mi pecho y alcanzó el corazón, me pregunté: «¿habrá servido para algo?». Aquella pregunta, tan incoherente como inútil, solo logró dañarme más de lo que ya estaba.

Una vez que la estaca cumplió su función —descansar para siempre—, los cuervos que yacían a mi alrededor comenzaron a despertar, emitiendo ese sonido tan tenebroso que mis oídos no podían soportar. Uno a uno desplegaron sus alas, sincronizados, y volaron directamente hacia mí. Me cubrí la cabeza con los brazos, pero sus picos, tan afilados como alfileres, desgarraban mi carne.

En un instante, logré escabullirme del lugar, corriendo mientras todos los cuervos me seguían.

«Corre, corre, por lo que más quieras», fue lo primero que pensé.

El sonido de los cuervos se detuvo, como si una radio averiada hubiese dejado de funcionar. Me giré con miedo, temblando, pero no estaban. Habían desaparecido, tragados por el mundo. Me dejé caer, exhausto, apoyado en el tronco de un árbol viejo. Me miré las heridas y, sin quererlo, una lágrima se deslizó por mi rostro.

Observé el árbol, admirando su antigüedad, acariciando su corteza. Una sonrisa brotó de mí sin que me diera cuenta.

«¿Y yo quiero descansar? Si este árbol ha sobrevivido a todo y aún conserva su belleza admirable».

Cuando solo estábamos el árbol y yo, volví a escuchar los graznidos. Lo miré una última vez y me giré para huir, pero ya era tarde. Estaba rodeado. No había escapatoria. Solo podía quedarme quieto y esperar.

Pude mirar a cada cuervo a los ojos. Aquellos ojos negros que me hacían dudar de mí mismo. Pasaron varios minutos sin que ocurriera nada, hasta que sentí algo con el corazón verdadero. Me acerqué a uno de los cuervos, tranquilo, sin miedo. Cara a cara, el cuervo se restregó en mi mejilla como muestra de afecto.

Todos los cuervos se alinearon, formando un pasillo entre los árboles viejos, como el primero que vi. Me guiaron hasta un destino oculto. Uno de ellos me condujo hasta el último árbol. Al llegar, alzó el vuelo, dejándome solo.

Confundido, tropecé con algo duro: era la estaca. Pero esta vez no me hizo nada. La miré con desprecio y la arrojé al río cercano.

Todos los cuervos descendieron, posándose sobre mí, cubriéndome por completo, hasta hacerme desaparecer con ellos.

Reflejos

Duermo en la cama más helada, enfriada por mis propias lágrimas, que acarician mi rostro y se congelan al tocar las sábanas. Y, aun así, sigo durmiendo. Aunque el frío me mate.

El vapor que sale de mi boca repele a todo el mundo. Quizá por mi presencia, quizá por mi rostro aterrador. El frío provoca reflejos en el aire, que proyectan mi imagen distorsionada. Mi rostro caótico aparece frente a mí con los ojos en blanco. Lo contemplo, anonadado.

Después de un tiempo observando esos reflejos, explotan en mil cristales que se lanzan hacia mi cara. En cámara lenta, siento cómo desgarran mi piel. La sangre fluye despacio, como un cosquilleo, deslizándose por mi cuerpo. Al contacto con la cama, la sangre se vuelve blanca como la nieve, congelándose de inmediato.

Estoy agotado. Solo quedan el hielo, el frío y yo. Intento bajar de la cama, pero el suelo está cubierto de pinchos congelados, formados por mis lágrimas con el paso del tiempo.

Me arrodillo en la cama, con los brazos extendidos, las manos abiertas, mirando hacia abajo. No hago ni un solo movimiento. Entonces, una cuerda surge de la pared con un latigazo seco. No puedo emitir un quejido, ni moverme. Si lo hago, otro latigazo caerá. Cuando la cuerda desaparece, miro hacia arriba, resignado.

Me tumbo en la cama, agotado, con los ojos blancos. Cada día intento encontrar una forma de bajar, pero siempre termino durmiéndome, sin solución.

Hasta que, de repente, me levanto de golpe. Mis piernas están congeladas. Las heridas cicatrizan por la presión del hielo. Es un dolor diferente. Un frío nunca antes sentido. No puedo moverme. Solo desde la cadera hacia arriba.

Golpeo mis piernas entre sollozos, intentando romper el hielo, pero no sirve de nada. Es más fuerte que yo. Miro desesperado a mi alrededor. No hay nadie. Solo el frío, mis lágrimas congeladas y yo.

Asustado, respiro con fuerza, liberando tanto vapor que se forman decenas de reflejos. Esta vez, no explotan. Me parece extraño, pero lo ignoro.

Con el tiempo, empiezo a oír susurros. No de una persona, sino de muchas. Mi mente me dice que es un sueño, que estoy perdiendo la razón. Pero algo me dice que no es así. Que mi mente quiere engañarme.

Las voces aumentan segundo a segundo. Aunque me tape los oídos, siguen ahí. Dentro de mí. Martillándome. El dolor de cabeza es insoportable.

Uno de los reflejos se acerca. Levanto la mano, lo toco con el dedo. Qué iluso fui. Al tocarlo, explota en una ventisca helada. La ráfaga va directa a mi dedo, recorriendo mi cuerpo tan rápido que no puedo reaccionar. No siento dolor. Solo un frío… un frío tan muerto.

Recorre cada rincón de mí, hasta dejarme solo con los ojos blancos.

Ángeles

Siento cómo mi vida se derrumba con un suspiro de la muerte, ese suspiro que me acaricia la mejilla, dejándomela roja. Me veo caer como una montaña que no puede sostener su propio peso. Eso soy yo: una montaña que no se aguanta a sí misma, una persona que solo quiere quedarse dormida sin sentir ni una pizca del sufrimiento que ha soportado para seguir viva.

Estoy perdido en mi mente, buscando caminos de espinas para poder sentir el dolor de los ángeles sin alma. Esos ángeles me observan con sus rostros oscuros, con sus alas de metal. Con un golpe frío, te arrebatan el alma tan lentamente que puedes ver, en primera persona, cómo no te importa que te la quiten. Solo los miras con suplicio, de rodillas, con una mirada perdida, esperando que tengan piedad. Pero nunca la tienen. Están deseando que les supliques, que les beses sus alas de metal cobrizo.

Después de entenderlo todo, tomo el camino de espinas. Voy descalzo, sin nada, vacío como un lago seco. A cada paso, oigo cómo los ángeles se desesperan al ver que mi corazón late despacio, una señal de que el camino podrá conmigo. Vuelan a mi alrededor, rozando las paredes con sus alas. El sonido del metal me pone la piel de gallina. Lloro de miedo. Grito:

—¡Ya me tenéis aquí! ¡Arrancadme el alma! —pero no me escuchan, se ríen de mí.

Mis pies no aguantan más. Están destrozados por las espinas. Me giro para mirar el rastro de sangre que dejo atrás: un reguero inútil. No puedo detenerme, porque si paro, caeré en el vacío o, peor aún, en el olvido, donde habitan seres aterradores.

Empiezo a tararear una canción muy bajito, para calmar la desesperación. Al notar que ya no oigo a los ángeles volar, me asusto. Entonces, todos comienzan a tararear la misma melodía, al unísono. Me tapo los oídos. No puedo soportarlo.

No aguanto más. Caigo al suelo, clavándome todas las espinas. Pensaba que todo había terminado, pero un ángel aterriza frente a mí. Su lanza está cubierta de sangre y en su centro brilla una gema roja hipnótica, capaz de arrancarte el alma solo con mirarla. Pero en mí no surte efecto.

Me levanto sangrando. El ángel me mira e inclina la cabeza. Lleva un casco que oculta todo su rostro salvo sus ojos, donde habita el fuego del infierno. Yo le respondo con la misma inclinación. Una imagen peculiar.

El ángel me apunta con su lanza. Yo, con mi brazo ensangrentado. Damos un paso cada uno. Frente a frente. Observo la gema y me pregunto: «¿ahí estará mi alma? ¿O dónde acabará?».

El ángel despliega sus alas y me levanta el rostro, rasgándome un poco el cuello. Me toco la sangre y la saboreo, sonriéndole. Eso le enfurece. Me cubre con sus alas, nos miramos fijamente. Le quito el casco para ver su rostro y un suspiro de miedo escapa de mí. No tiene cara. Solo esos ojos encendidos.

Le toco la cara, pero no siento nada. Entonces, me clava su lanza en el corazón.

La sombra

Estoy en una estación de tren abandonada. Vagones oxidados, vías partidas. Tren tras tren que tuvo su historia y, al final, fue reemplazado. Como yo.

Me siento como uno de esos trenes viejos, olvidado en las vías, destruido por el paso del tiempo.

Camino por los raíles, con los auriculares puestos, acariciando el metal oxidado con los dedos.

Entro en un vagón para explorar. Me inunda una sensación de desesperanza. Miro los grafitis como si supiera interpretarlos. Uno llama mi atención. Me acerco. Representa la libertad... o la paz, quizá. Eso quiero creer. Lo toco. La pintura ya seca huele a aerosol. Un escalofrío recorre mi espalda. Me giro asustado, pero no hay nadie.

Enciendo un cigarro. El humo se esfuma rápido.

«Ojalá pudiera desaparecer como él —pienso—. Irme sin dejar rastro».

Pero no, estoy aquí, solo, ahogándome con mis propias lágrimas. Y lo peor: esa sensación que me parte por dentro, la de contener las lágrimas y sentir que la mandíbula se tensa hasta doler.

Recuerdo el grafiti. Me veo a mí mismo antes: feliz, siempre sonriendo. Ese ya no soy yo. Ahora solo quiero ser libre.

Me siento en una butaca sucia, rota, con el relleno saliéndose por los costados. Termino el cigarro y lo tiro al suelo. En cuanto hace contacto, una llama se levanta y recorre todo el vagón. Me levanto asustado. El fuego me rodea. Busco una salida. No hay ninguna.

Miro por las ventanas, pero están bloqueadas por otros trenes. El calor es insoportable. Me voy quitando la ropa hasta quedarme en camiseta y calzoncillos.

Pienso: «siempre he deseado descansar, pero ahora que el momento ha llegado, no quiero morir».

El fuego crece. Me acorrala. Me arrincono contra la pared, sin salida. Una caricia me recorre el cuello. Esta vez noto con claridad una mano. Cierro los ojos, paralizado.

Los abro. Veo una sombra entre las llamas. Parpadeo.

«Es mi imaginación», me digo.

Pero no lo es.

Las llamas trepan por las paredes. Dos manos surgen del fuego y me queman las piernas. Me arrodillo para apartarlas. Se derriten sobre mi piel. El dolor es insoportable. Me empujan hacia el suelo.

La sombra que vi está ahora frente a mí, sonriendo.

Me mira.

Cuatro manos emergen. Me sujetan brazos y piernas. Me hunden en el fuego. No aparto la mirada. La sombra solo sonríe.

Sueños

Pido perdón a mi alma por tanta angustia. Siento un vacío en el pecho, como si me clavaran miles de puñales en el corazón. Me veis llorar, pero no hacéis nada, solo me observáis, juzgándome. Esa sensación se incrusta en mi mirada perdida. Quisiera dejar de sentir, pero ¿de qué me sirve eso? Solo para ser un cobarde, escapando de la marea agitada provocada por todas mis emociones, que me dominan.

Estoy cayendo del cielo, como un ángel desterrado por traicionarme a mí mismo, por querer ser alguien que no soy. Soy una persona moldeada por las desgracias de este mundo desastroso. Espero el impacto contra el suelo, y mientras caigo, me consumo entre las cenizas de un corazón carbonizado por la sangre hirviendo.

Al tocar el suelo, deseaba con todas mis fuerzas ser juzgado por mis propios jueces o, simplemente, ser enterrado. Siempre que tocaba el suelo, despertaba de golpe en la cama, sudando, con los ojos clavados en la aguja del reloj: las 4:30. Siempre.

Las noches eran frías y cálidas al mismo tiempo, escuchando cómo las ramas golpeaban la ventana, como en una película de terror.

Después de eso, me costaba conciliar el sueño, daba vueltas en la cama pensando en ese sueño tan extraño que se repetía noche tras noche. Como no podía dormir, salía al balcón a fumarme un cigarro. Apenas lo hacía, el aire me erizaba la piel.

Era una noche tranquila; solo se oía el viento. Pero esa tranquilidad no duró. Mi cuerpo empezó a sentirse extraño, aunque pensé que sería por el sueño.

Entonces, un grito rompió el silencio de la calle. Mis ojos se abrieron al máximo, las pupilas dilatadas. Me asomé a la barandilla, tambaleándome. Ahí estaba ella. Una, una mujer de cabello con el pelo largo, como una diosa, estaba mirándome fijamente. Y ahí estaba ella. Una mujer de cabello largo, como una diosa, mirándome fijamente.

Comenzó a cantar una melodía tan bonita que incluso los pájaros volaron hacia ella. Me sentía dentro de una película de fantasía. Cuando terminó de cantar, se dio la vuelta y se adentró en la oscuridad. Los pájaros volvieron por donde habían venido.

Me quedé extrañado, me giré para volver dentro y ella estaba ahí. Me empujó, arrojándome desde el balcón. Caí desde un tercer piso. El impacto me dejó inmovilizado, con sangre saliendo por la boca. Con la cabeza ladeada, una lágrima rodó por mi mejilla. Deseaba despertarme del sueño… pero no lo hacía.

Con esfuerzo, giré el cuello y la vi. Estaba de pie sobre mí, con esa mirada nostálgica. La sangre seguía brotando por mi boca y por mis ojos, atorándome en mi propia garganta. Las costillas rotas en pedazos.

Levanté la mano para tocarla, convencido de que me ayudaría. Pero ella me apartó el brazo con una patada.

Llevó un dedo a sus labios.

—Shhh —susurró.

Luego me clavó una aguja en el pecho, extrajo un poco de sangre y se la bebió como si fuera agua.

No se la tragó. Me la escupió.

El ácido de su sangre me quemó la piel. Llegó hasta mi corazón, convirtiéndolo en cenizas. La tierra empezó a tragarme, medio muerto. Me di cuenta, entonces, de que aquel sueño era real.

La lluvia roja

¿Por qué me cuesta tanto aceptar que me estoy destruyendo a mí mismo? Me miro en el espejo y veo todas las marcas de mi cuerpo. Marcas causadas por el dolor. Marcas que, al tocarlas, me traen recuerdos insoportables. Cada cicatriz es una batalla que no debería haber peleado.

Sigo frente al espejo, con pena por lo que veo. Ojalá la gente pudiera entrar en mi mente, aunque fuera solo un momento, para que sintieran una mínima parte de lo que yo siento. Pero nadie se atreve. Tienen miedo de entrar y no salir nunca.

Yo, en cambio, siempre estoy ahí, perdido dentro de mi propia mente agotadora.

La tristeza me consume. La gente me ve andar por la calle, pero, en realidad, yo estoy dormido. Unas manos oscuras me mantienen atrapado.

El que camina no soy yo: es solo un ente que me controla, mientras yo permanezco en silencio dentro de mi cabeza. Las manos no me dejan hablar.

¿Por qué a mí? ¿Por qué a una persona buena?

Será que la tristeza envidia a la felicidad o, tal vez, es su naturaleza.

Me levanto de golpe. Ya no están las manos, pero sigo en este sitio. Me miro el cuerpo, lleno de marcas. No recuerdo ninguna. Incluso si las toco… no pasa nada. ¿Quedará algo de mí? ¿O me ha consumido la tristeza mientras dormía?

Entonces, algo se mueve bajo mi piel. Empieza a deslizarse por todo mi cuerpo, hasta llegar al ojo. Mis gemidos de dolor son insoportables. Lo que sale de mí es la espina de una rosa. Cae al suelo. La recojo y me la clavo en el dedo. Me chupo la sangre, pero una gota cae al suelo... y todo empieza a temblar.

Todo se vuelve rojo.

Una gota cae sobre mi cabeza. La toco: es sangre. Miro al cielo, con la boca abierta.

Comienzan a caer más, una tras otra, hasta convertirse en una tormenta. Me miro las manos: están cubiertas de sangre. Todo mi cuerpo lo está. Avanzo despacio mientras las gotas forman charcos a mi alrededor.

De nuevo, algo se mueve dentro de mi piel. Llega al otro ojo. Esta vez, lo que sale es una aguja. Pero no toca el suelo: cae sobre mi brazo... y se me clava.

«Si con una espina pasa todo esto, no quiero imaginar qué provocará esta aguja».

Lo siguiente es una ola roja. Tan enorme que no podía ver su fin. Corro... pero es inútil. Me atrapa.

Miles de espinas me rozan, causando heridas minúsculas. No sé por dónde venían. Deseo que todo acabe. De pronto, una aguja gruesa vuela directamente hacia mí y se me clava en mi cabeza.

Y así, después de tantas guerras luchadas, acabo destruido por dentro.

Realidad o mentira

Me ves escribir mis plegarias. Mis últimas palabras. Me estoy despidiendo de esta vida oscura, de este mundo plagado de monstruos. Un apocalipsis del que nadie puede escapar.

Te acercas con pasos silenciosos. Coges la carta, me desprecias. Empiezas a leer. Tus ojos recorren las líneas, esperando que brote una lágrima sincera. Pero no. La tiras al suelo. Te marchas con la misma frialdad con la que llegaste, añadiendo esta vez el ruido seco de tus suelas.

Al verla caer, algo dentro de mí se rompió. La recogí y la dejé sobre la mesa. Mis lágrimas comenzaron a caer, empapando la hoja. Pronto, ya no se podía leer nada. La arrugué. Golpeé la mesa.

Después de un rato, fui a la ventana. Afuera, todo era guerra. Oscuridad eterna. No me atrevía a abrir el cristal: no soportaba los gritos de desesperanza. Veía a la gente correr, cómo la oscuridad los alcanzaba y los convertía en su propio miedo.

Cada noche, un grupo de inmortales patrullaba las calles, buscando almas luminosas. Cuando encontraban una, la devoraban.

Yo nunca salía. Solo escribía. Pensaba en todos los que estaban afuera pero no podía hacer nada. Solo escuchar.

Me acostumbré.

Como cada mañana, escribía mis plegarias. La puerta se abrió. Entró la misma persona de siempre. Sin decir palabra. Le di la carta. La tiró, otra vez. Cansado de lo mismo, me levanté y le grité. Se giró, se acercó a mí y me estampó contra la pared. Los cuadros cayeron. El cristal se rompió.

Temí por mi vida. Sabía que podía robarme toda la luz interior. Pero no lo hizo. Solo se acercó y me olió. Supongo que quería detectar mi luz.

Después me empujó con fuerza. Caí al suelo. Me levanté y corrí hacia él. No sé por qué lo hice. A unos pocos pasos, levantó el dedo y me detuvo en seco. No podía moverme. Sentí el miedo real.

Volvió a alzar el dedo. Esta vez, salí volando por la ventana. Era un primer piso, así que no fue grave. Pero era la primera vez que salía a la calle en mucho tiempo.

Y entonces… vi normalidad. Personas andando, sin miedo. Sin oscuridad.

Me puse a llorar.

¿Esto es real? ¿O me estoy engañando a mí mismo?

Azul o naranja

Estoy cansado de estar siempre callado, tragándome mis propias lágrimas para que nadie las vea. Pero, al final del día, salen solas por la cantidad que llevo en el pecho. Siempre tengo la sensación de que algo me persigue. No es una persona. No es nadie o eso quiero pensar. A lo mejor es algo que me está avisando de lo que pueda pasar. Pero si no es nadie, ¿qué podría ser? Algo tiene que ser. Si no, no tendría esa sensación.

Me gusta montarme mi mundo perfecto, donde soy feliz, donde soy yo. Camino sobre el agua, mirando cómo los peces pasan por debajo de mí. Incluso puedo sentarme encima del agua. Me fascina la fauna marina, la nostalgia que me despierta ver cómo son libres, cómo algunas criaturas saltan sobre mí y me salpican. Espero a que llegue el atardecer, cuando el sol va descendiendo y su luz se refleja sobre el agua cristalina. El cielo se tiñe de naranja. Veo mi sombra moviéndose con las ondas que producen las olas.

Me tumbo sobre el agua y observo cómo aparecen las estrellas, como puntos brillantes.

Ya se hace de noche. No quiero irme. Solo deseo quedarme ahí, tranquilo, escuchando la marea.

Pero decido irme. No me puedo quedar.

Al moverme, se abre una grieta en el cielo. Como si abriera una bolsa de papas. Me quedo mirando, fascinado. Cuando la grieta termina de abrirse, sale un ave gigantesca. Sus alas azules están cubiertas de fuego que me deslumbra. Pasa por encima de mí, obligándome a agacharme. Luego empieza a volar en círculos, cada vez más rápido, como si fuera un tornado. El agua comienza a elevarse, formando un muro sin salida.

Cuando el muro se completa, el ave se detiene en seco. Estoy impactado. Aterriza frente a mí, pero no puedo acercarme por el calor que desprende. De pronto, corre hacia mí de forma amenazante. No puedo escapar; el muro de agua me lo impide. Llego hasta el borde e intento traspasarlo. Al meter la mano, me quemo. Está ardiendo.

Cuando el ave está a punto de atraparme, una segunda grieta se abre. Sale otro ave, esta vez de color naranja rojizo. Sin dudarlo, embiste al ave azul con un zarpazo en el ala. De la herida brotan gotas de fuego. El ave naranja se acerca a mí. No siento ese calor tan intenso como con la otra. Me coloco detrás de ella, buscando protección.

Ambas abren el pico y escupen fuego: uno azul, otro naranja. El cruce de sus llamas crea un color indescriptible. Temo que el ave que me protege pierda, pero no ocurre. Una de las llamas me alcanza, lanzándome al suelo, carbonizado.

El ave naranja vuela hacia arriba, seguida por el azul. Comienzan a pelear. Es una lucha impresionante, ambos gravemente heridos. Pero no se rinden. Hasta que, al final, el ave naranja desgarra la garganta del azul.

El vencedor, el que me protegía, desciende para verme. Estoy inconsciente, con quemaduras graves. De su ojo cae una lágrima sobre mí. Cuando la lágrima toca mi cuerpo, empiezo a desintegrarme, convirtiéndome en cenizas.

El ave cree que todo ha terminado. Pero mis cenizas se elevan, acompañadas de una llama morada. Hay una explosión y resucito, transformado en un ave fénix morado. Entonces comprendo que no éramos simples aves: el azul era el mal, el naranja la advertencia... y yo, la transformación.

El camino

Recuerdo aquella vez tan bonita, pero también tan triste. Caminabas a mi lado, cogías mi mano, entrelazándola con la tuya. Íbamos juntos por el suelo de mis fríos recuerdos.

—¿Por qué es triste, si te está acompañando en tu camino?—dirás.

Yo me echo a reír, acompañado de una lágrima. Te miro y respondo:

—Porque me soltó la mano y se marchó, dejándome solo. Me dejó en ese camino desastroso. Me dejó con miedo. Simplemente me dejó.

Me costó mucho salir de aquel lugar, un sitio donde había que caminar de puntillas, vestido de negro, con un puñal en la mano. Si no lo hacías, despertabas el camino. Y este te obligaba a enfrentarte a todos tus miedos. Si no los soportabas, el puñal se clavaba en tu pecho, haciendo florecer flores negras cubiertas con tu sangre.

Pensar en esa imagen, mi cuerpo florecido con mi sangre, me llenaba de tristeza. Mis propios miedos conspirando contra mí.

Pero volvamos a ese momento. Caminábamos juntos, cada uno con sus pensamientos. Tropezamos con un reloj de arena y una pequeña nota. Él la leyó con atención. Cuando terminó, la tiró al suelo y giró el reloj.

Eso significaba que teníamos tiempo… ¿pero para qué?

Me tomó de los hombros, con pena. Yo no dije nada. Me quedé bloqueado. Miré el reloj: quedaba poca arena. Él intentó hablar, aun así, algo dentro de él se lo impedía. Cayó al suelo. Lo sujeté. Comenzó a convulsionar. Sus ojos giraron, quedando en blanco, con las venas rojas. No sabía qué hacer. El reloj estaba a punto de terminar.

Él me tomó la cara, tratando de decir algo, pero no logré entenderlo.

Cuando la última arena cayó, algo surgió del suelo. Una cadena con un pincho descendió rápidamente. No me dio tiempo de moverlo. Me miró y sonrió. La cadena le atravesó el pecho, clavándolo al suelo. La sangre me salpicó.

Grité con todas mis fuerzas. Se habían llevado una parte de mí.

Lloré hasta quedarme sin aire. Me desmayé.

Tiempo después, desperté.

Desorientado. Me toqué la cara y vi la sangre seca.

La miré.

Entonces recordé. Y sentí el mismo dolor desgarrador de antes, ese que quiere arrancarte el alma.

Recordando, me levanté. Me acerqué al círculo donde había estado él. Pero solo quedaba oscuridad. Comencé a caminar. Todo se volvía negro a mi paso. Lo vivo moría. Y yo dejaba atrás un rastro de pájaros muertos.

La iglesia

Por un momento creí que todo estaba bien. Pensé que todo había acabado. Pero solo era lo que quería pensar.

Estoy atrapado en el caos de mi cabeza. Ese caos que me hace hacer cosas de las que me arrepiento. Pero no puedo culpar al caos. Solo a mí. Yo dejo que me domine.

Camino por las calles de Nueva York. Hace un frío terrible. Paso frente a escaparates, pero nunca entro. La gente va acompañada: parejas, amigos, familias. Todos con alguien. Yo, solo. No puedo sentarme a tomar un café acompañado. Siempre estoy esperando tropezarme con alguien, solo para sentir contacto humano.

Mi apariencia es desapercibida: capucha puesta y mirada baja. No quiero que vean mis ojos tristes. A veces, veo gente como yo: solos. Aunque con una diferencia: ellos caminan erguidos. No les importa. A mí, sí.

He ido a la iglesia que hay junto a mi casa. No soy creyente, pero cada vez que entro siento una paz que no encuentro en ningún otro sitio. No me confieso. Solo observo.

Me senté en un banco. No había nadie. Todo era silencio. Hasta que una ráfaga de aire apagó las velas.

Me giré.

La puerta no estaba abierta. Me levanté del banco, incómodo.

Intenté encender una vela. Tomé una cerilla. En cuanto la encendí, la puerta se abrió de golpe. El ruido fue seco, fuerte.

Se me cayó la cerilla. La pisé. Me escondí tras una columna para mirar.

No había nadie. Solo hojas arrastradas por el viento.

Caminé con cuidado. Casi llegaba a la puerta, cuando una mano acarició mi cabeza. Me giré bruscamente.

Nadie.

Todo se volvió silencio. Ni siquiera las hojas se movían.

Me apoyé en un banco. Al tocarlo, salieron volando. Las hojas se alzaron del suelo. El aire entró violentamente, helando el ambiente.

No podía moverme. El viento me arrastraba. De pronto, todo se detuvo.

Entonces vi que las paredes sangraban. Corrí a esconderme en la capilla, espiando por las rendijas de la madera. Escuché pasos. No quería salir. Estaba aterrado.

La capilla fue arrancada de cuajo.

Me agaché.

Frente a mí, surgió algo: un núcleo negro.

Me absorbía. Era demasiado fuerte. Me aferré a un banco, pero no pude resistir. El núcleo me atrapó.

La poca luz

Estaba en un pasillo oscuro, con poca luz. Me sentía perdido, desorientado. No sabía qué hacer. Si me quedaba sentado esperando a que algo pasara, la poca luz que quedaba se apagaría por completo.

Mis fuerzas se debilitaban, y, poco a poco, me costaba respirar. Me faltaba el oxígeno, hasta que me desplomé en el suelo. Todo quedó en silencio. No se escuchaba nada, solo un viento que me ponía los pelos de punta.

Intenté abrir los ojos. Una lágrima empezó a recorrerme el rostro. Podía sentir cómo esa gota bajaba y llegaba a mis labios, cortados por el frío. Abrí los ojos, incorporándome, apoyado en la pared. Sentía cómo mis dedos estaban secos. Alcé la mano y, al verlos, mis ojos se agrandaron: los tenía grises, desgastados. No sabía por qué. Tenía mucho miedo, hasta que me di cuenta: estaba más lejos de la luz.

Intenté incorporarme. Ya no sentía esa falta de aire. El viento había desaparecido por un instante. Pensé que todo había acabado.

Qué iluso por mi parte.

El suelo empezó a moverse. Mi cuerpo podía sentir cada crujido. Empecé a correr con desesperación, hasta que una ráfaga de aire me alcanzó. Salí disparado como una bala. Quedé aturdido, no podía moverme. Empecé a escuchar ruidos extraños. Miraba a mi alrededor, pero no veía nada. Los ruidos se acercaban más y más, mi respiración se aceleraba, hasta que cesaron.

Me quedé quieto, mirando un punto fijo, hasta que algo me cogió de los pies y me arrastró con fuerza.

Desperté más cansado aún. Esta vez, me salieron dos lágrimas, una por cada ojo. Intenté levantarme. Estaba harto de hacerlo tantas veces, pero ahora me costaba más. Cada vez que me incorporaba, caía, golpeándome la cabeza.

Me arrastré hasta la pared. Se podían escuchar mis gemidos de dolor a kilómetros.

Ya no solo tenía los dedos grises, todo mi brazo lo estaba.

En ese momento, solo pensaba que nunca saldría de ese pasillo.

Mi cabeza se desplomó hacia abajo y me quedé dormido.

Desperté, porque sentí las piernas mojadas. Todo estaba empapado. Tenía mucha sed. Intenté beber un poco de esa agua. Pero, cuando logré acercarme, me di cuenta de que no era real: mi mente estaba jugando conmigo.

Lloraba y lloraba, ya no me quedaban fuerzas para luchar.

Decidí levantarme como pude. Me apoyé en la pared. Quedaba muy poca luz. De pronto, mis piernas empezaron a fallar. Mi corazón latía con fuerza. Estaba asustado. Caí al suelo. Miré mis piernas: estaban grises.

Grité. Del dolor. De la desesperación. Tenía mucho frío. Un frío seco. No soplaba el aire, pero el frío aumentaba. Me acurruqué en el suelo. El frío no paraba de intensificarse… hasta que mi corazón dejó de latir. Mis ojos se cerraron y mi cuerpo, poco a poco, se volvió completamente gris.

Entonces, apareció la luz.

Y desperté fuera del pasillo.

Todo mi sufrimiento había acabado.

Mírame a los ojos

Era un día de feria, un día que prometía ser divertido con mis amigos. Para ser exactos: el 23/07/2024. Me puse mi mejor ropa, dispuesto a deslumbrar, pero luego me lo pensé mejor. ¿Para qué? Para que nadie note que existo.

Quedé con ellos a las ocho, en la entrada. Fui el primero en llegar. Me sentía incómodo. Todos parecían pasarlo bien. Pasaban los minutos, pero mis amigos no aparecían. Quería creer que me había equivocado de sitio.

Me adentré en la feria. Me encanta ese olor a algodón de azúcar. Ver cómo los niños disfrutan en las atracciones, con su inocencia, me daba envidia. Porque yo, en mi infancia, no podía ir a la feria: no tenía amigos.

Me acerqué a un puesto de manzanas caramelizadas. Compré una. Me la comí mientras seguía esperando.

Estaba triste. No quería asumir que me habían dejado tirado.

Me terminé la manzana y decidí dar una vuelta. Quería subirme a alguna atracción, aunque fuera solo. Siempre soñé con subir a la noria con mi pareja o con amigos.

Pero nunca ocurrió.

Junto a la noria, había una carpa negra. En el letrero, medio desgastado, se leía: «Lectura de manos». No creía en eso, pero la curiosidad pudo más.

Entré. El aire olía a incienso. El decorado era tétrico. Crucé una cortina. Una mujer, vestida de forma extraña, me miró y señaló una silla. Me senté. Me tomó la mano, observándola.

—¿Qué quieres saber? —preguntó con voz seria.

—¿Qué va a ser de mí en el futuro? —respondí, inquieto.

Sacó una baraja de cartas, con uñas negras y larguísimas. Tapó su rostro, dejando solo ver sus ojos marrones. Puso las cartas en la mesa de golpe. En ese momento, la lámpara se movió. Típica escena de película de terror.

Levantó una carta al azar. En cuanto lo hizo, todas las velas se apagaron. Y la luz se cortó. Me tiré de la silla, asustado. La mujer encendió una vela.

—Ten cuidado. Algo quiere hacerte daño.

Sopló la vela.

Oscuridad total.

Salí corriendo. Me abrí paso a empujones. Decidí irme de la feria. De pronto, vi a una amiga. Corrí tras ella, llamándola. Entró en otra carpa. Nadie cobraba la entrada.

La seguí. Era una casa de espejos.

Vi su reflejo corriendo, riendo. Corrí tras ella, chocando con los cristales. No encontraba la salida. Me detuve, recordando lo ocurrido con la adivina. Escuché un sonido: uñas arañando los espejos.

Sabía que no era mi amiga. Era otra cosa.

Miré los espejos. Todos reflejaban una sombra alta. Me apoyé en uno, cerrando los ojos. Escuché de nuevo las uñas.

Abrí los ojos. En el espejo, una frase se dibujaba entre cristales rotos: «No te atrevas a mirarme».

Grité. Los espejos estallaron, reventándome los tímpanos. Solo escuchaba un pitido. Caminaba y los cristales crujían bajo mis pasos.

—Mírame a los ojos —susurró una voz detrás de mí.

Algo golpeó mi pierna. Caí de rodillas. Aquello se puso frente a mí, obligándome a levantar la vista. Y cuando miré sus ojos, mi alma salió de los míos, dejándolos teñidos de rojo.

La jaula

Me tienes aquí, como siempre. Esperando algo que tú y yo sabemos que ya no puedes darme. Me tienes solo, como una colilla de cigarro que acabas de fumar y tiras sin pensar.

Me siento encerrado en una jaula de la que no puedo salir. Te niegas a ayudarme. Solo me miras, con esos ojos vacíos. Te pido ayuda. Intento cogerte la mano. Pero te quedas ahí, inmóvil.

Te grito hasta que mi garganta no puede más.

Me miras y en tu rostro noto que quieres hundirme aún más. Algo en mi interior se apaga. Mi corazón late lento, seco. La jaula se estrecha, me ahogo en mis lágrimas. El diluvio dentro de mí no se detiene.

Y tú... solo miras.

Lo que más miedo me da es no saber qué siento. Ese tornado en mi interior puede destruirme en cualquier momento. Me gustaría que me vieras como yo me veo: absolutamente nada.

No puedo culparte, porque fui yo quien te dejó hacerme daño. Pero ojalá pudiera. Tal vez así algo en mi interior descansaría.

Camino por la jaula, dando vueltas. Pienso cómo escapar. Pero no hay salida. La jaula es como una cárcel, hecha solo para mí. Afuera, no hay nada. Solo niebla y oscuridad. La niebla golpea las rejas. Luego, las verjas tiemblan.

De pronto, apareces. Estás del otro lado, agarrando los barrotes. Tu mirada es escalofriante. Me acerco. Quieres entrar. Te sangra el brazo, pero no sientes el dolor.

—Por favor, para. Te estás haciendo daño —te digo.

Sonríes. Tus dientes, blancos, pringados de sangre. Tu mirada ya no es vacía. Es de locura.

Con fuerza, doblas los barrotes. Entras. Tienes el brazo dislocado, cuelga como si nada. Caminas cojeando. Mi cuerpo no lo asimila. Es mi oportunidad para escapar, aun así, me arriesgo.

Corro hacia el hueco, pero me agarras del brazo y me lanzas hacia atrás. Saltas sobre mí. Me aplastas. Metes la mano en mi pecho y arrancas mi corazón.

En mi último aliento te lo entrego.

Para que nunca pienses que te echo la culpa.

Humo negro

Quédate un ratito más, para que me veas ahogarme con mis propias lágrimas. Quiero que veas cómo me estoy perdiendo en los callejones más oscuros de mi cabeza. Necesito arrancarme este humo negro tan tóxico que me consume por dentro, que llega hasta mis ojos volviéndolos oscuros, impidiéndome ver la tranquilidad.

Como siempre, me voy perdiendo en esos callejones que me dan pánico, envueltos en una niebla tan tenebrosa que solo me deja ver caer mi sombra poco a poco.

Intento gritar, pero unas espinas en mi garganta me lo impiden. Esas espinas provocan un dolor tan intenso que la sangre brota de mi boca. Mi cuerpo cae desplomado como una hoja que se desprende de un árbol. Nada más tocar el suelo, mis ojos, ennegrecidos por el humo, se abren y una simple sonrisa perversa aparece en mi rostro, erizándome la piel. Podía escuchar cada gota de sangre goteando desde mis labios.

Cansado de este sufrimiento, decido gritar, aunque sepa que las espinas me causarán aún más dolor. Quiero terminar con todo esto.

El dolor me derrota y me desmayo.

Como siempre, despierto en el mismo callejón. Decido no hacer nada, solo quedarme tirado en el suelo mojado por la lluvia. Las horas pasan y ahí estoy yo, esperando no sé qué.

Cuando la lluvia termina, me parece extraño, aunque no le doy importancia.

Sigo sintiendo el dolor en la garganta. Quiero arrancarme esas espinas, pero están tan incrustadas que me quedo mudo, sin poder hablar. Toso por el humo en el pecho y, con cada tos, las espinas se clavan aún más. Esas espinas son todo lo que arrastro del pasado. Quiero soltarlo… pero, al mismo tiempo, tengo miedo de hacerlo.

La lluvia ha formado charcos, mezclándose con mis lágrimas y mi sangre. Como el humo no puede salir por mi boca, escapa por mis ojos. Es negro, como el de un volcán a punto de estallar. Me escuecen los ojos al expulsarlo. Se expande a mi alrededor, convirtiendo toda la niebla en más humo negro.

Me veo reflejado en el agua de un charco. Al verme tan destruido, rompo en llanto. No puedo creer haber llegado a este punto.

Vuelve a llover. Pero esta vez es lluvia ácida. Empieza a deshacer mi piel. Aguanto las primeras gotas, pero el diluvio me supera. El dolor es insoportable. Un grito desgarrador sale de mí, y el humo negro comienza a disiparse.

Con ese grito, las espinas se rompen en pedazos. Trago cada trozo. Recorren mi cuerpo, provocando heridas internas. Y ahí, en ese momento, morí. Consumido por el dolor.

Destruirse a uno mismo

Sé que a veces no soy bueno conmigo mismo. Sé que, muchas veces, me destruyo, y que el veneno soy yo. No lo de alrededor.

Pero, a veces, solo quiero tumbarme en mi cama, aislarme de todo, escapar de mis problemas. En esa posición, mi mente se despeja. Es ahí cuando puedo brillar, aunque nadie lo ve. Solo lo veo yo.

Una noche, me levanté porque ya no podía más. Abrí los ojos lentamente y vi, en medio de mi habitación, una vela encendida y, junto a ella, una rosa. La rosa era perfecta. Su rojo intenso captó toda mi atención.

Me senté frente a la vela y la rosa. Pasaron unos minutos. Un pétalo cayó sin motivo aparente. No entendía nada. Tomé el pétalo y lo dejé en la palma de mi mano.

Escuché un ruido proveniente del salón. Me incorporé para ver qué era. Al llegar, me encontré con una figura irreconocible, pero extrañamente familiar. Intentaba decirme algo, pero no podía entenderlo. Se acercó. No sentí miedo, solo la sensación de que necesitaba ayuda.

La figura me cogió la mano y, poco a poco, entendí lo que quería decirme:

—Por favor, que no se caigan todos los pétalos.

Me sorprendí. Una lágrima empezó a deslizarse por mi rostro. La figura desapareció.

Corrí a mi habitación. A la rosa ya se le habían caído dos pétalos más. Me senté en la cama, tratando de entender lo ocurrido. Sentía un dolor fuerte en el pecho. De repente, apareció una mariposa brillante. Era pura luz.

Se posó en mi mano. Era tan bonita que otra lágrima cayó de mi ojo. La mariposa voló. Yo la seguí sin saber por qué; solo sabía que debía hacerlo.

Llegamos de nuevo al salón. Y ahí estaba la figura. Esta vez, reconocí quién era: yo mismo, sentado en una silla, leyendo un libro.

—¿Qué haces aquí? —le pregunté.

Él me miró con ternura.

—Estoy aquí para que no cometas el mismo error que yo.

—¿Qué error?

No respondió. Desapareció otra vez.

La mariposa se posó en mi hombro, iluminando el camino. Regresamos a ver la rosa. Otro pétalo había caído. Tomé todos los pétalos caídos y me los guardé en el bolsillo. La mariposa desplegó sus alas y voló, llenando la habitación de luz.

Se posó sobre la rosa, ayudándola a mantenerse viva. Escuché a mi corazón. Tomé los pétalos y los soplé con fuerza.

Los pétalos no cayeron al suelo. Volvieron a la rosa.

La rosa recuperó su forma. Y entonces lo entendí: yo mismo puedo destruirme, pero también puedo sanarme.

Yo mismo o tú mismo, como lo quieras ver

Tengo miedo de que llegue la noche, porque sé que es lo que más me duele en el pecho. Intento contener la rabia, la ansiedad, las lágrimas. Sé que puedo aguantarme, pero llega un momento en que el volcán estalla.

Y no puedo más.

Nunca se detiene. Siempre está ahí. Aunque cambie de camino, me espera. Con una daga lista para clavarse en mi pecho. Para hacerme rendir. Para dejarme sentado, perdido en el bosque oscuro, condenado a vivir una eternidad con esta vida tan desastrosa.

Aun así, intento caminar, luchando contra mis demonios. Pero hay veces que me quedo sin fuerzas. Siento que lo único que necesito es un «te quiero». Uno de verdad. No dicho por decir, sino sentido. Necesito un abrazo que me quite toda esta maldita carga.

Pero nunca llega.

Nunca hay abrazo. Nunca hay «te quiero». Solo sé que soy un tornado, destruyendo todo lo que toco.

Sé que necesito llorar, aunque me da miedo no poder parar. Miedo a dejar de ser yo. Miedo a quedarme solo. Miedo a no tener fuerzas para salir, a quedarme encerrado, llorando, consumiéndome. Miedo a perder mi esencia.

Solo quiero que este dolor acabe. Que termine de una vez. Pero no lo hace. Sigue ahí. Persiguiéndome en cada esquina oscura.

Este relato es para que veas que hay mucha gente que está pasando por esto. Que, a veces, solo necesita un «te quiero», un abrazo, sentirse querido. Pensamos que esas frases son simples, pero no lo son.

Y, además, también tenemos que decírnoslas a nosotros mismos.

La gema de almas

12 de abril. Un día donde la muerte me acechaba… o, quizás, era la desesperación de mi alma.

Me llamaban el acechador de las almas perdidas. A mí ese nombre nunca me gustó. Me resultaba turbio. Yo solo guardaba las almas heridas o perdidas en un colgante: una gema verde brillante.

Me sentía como un guardián, no un villano. Pero la sociedad creía lo contrario. Decían que era oscuro, peligroso. Yo pensaba que hacía el bien. Aunque se me fue de las manos. La gema no podía resistir tantas almas.

Volví a casa con una sensación extraña. Serví una copa del mejor vino que tenía guardado en el desván. El líquido cayó, tiñendo el cristal de rojo apasionado. Me senté frente a la chimenea, con los pies sobre la mesa, leyendo un libro de fantasía oscura. Al coger la copa con mis manos temblorosas —no sé si por el frío o por lo que leía—, se me cayó. El vino se esparció por la alfombra blanca. Parecía sangre. Como si hubiera asesinado a alguien.

Fui al baño por papel. La mancha no salía. Recogí la alfombra para lavarla. Cansado por el día, decidí irme a acostar. Me arropé. Me sentía cómodo. Caí rendido.

Pero desperté. Y no estaba en mi casa. Estaba en una mansión abandonada. La gema brillaba más que nunca. Al tocarla, supe que algo andaba mal.

La mansión era antigua, con cuadros de época y lámparas polvorientas. Hacía frío. Una sensación de desesperación invadió mi interior, igual a la de las almas que guardaba. Intenté salir, pero todas las puertas estaban cerradas. Gire un pomo cubierto de polvo y entré a una habitación con velas por todas partes. Al cruzar el umbral, todas se encendieron formando un círculo. Yo estaba en el centro.

La gema tiró de mí hacia adelante. Tropecé con un altar. Este se iluminó con la luz verde cristalina de la gema. Encima del altar había cuatro objetos:

Un corazón humano seco.

Una calavera con colmillos largos.

Un ataúd pequeño.

Un frasco con un líquido negro.

El colgante se desprendió de mi cuello, dejándome una marca. Se colocó solo sobre el altar, brillando más que nunca. La gema se agrietó. Se quebró. Las almas escaparon una a una, refugiándose en las velas. Las llamas crecieron con violencia.

Un papel cayó del techo, con una cinta. Decía:

«Tendrás que utilizar los cuatro objetos para salir de aquí y liberar las almas».

El miedo intentó apoderarse de mí. Pero me calmé.

Tomé el corazón. Me mordí el dedo. Dejé caer unas gotas de sangre sobre él. Volvió a ponerse rojo. Simbolizaba la vida humana.

Luego, tomé el cráneo. Lo golpeé contra el altar. Una llama verde brotó. Simbolizaba la mente: capaz de fortalecerte o destruirte.

Después, el ataúd. Lo abrí, me arranqué un mechón de cabello y lo deposité dentro. Simbolizaba que uno mismo puede cerrar su pasado.

Por último, el frasco. Bebí el líquido negro. No lo tragué. Lo escupí sobre los tres objetos. Simbolizaba que nosotros somos nuestro propio veneno.

Al hacerlo, las almas se liberaron de las velas.

Y esa noche entendí una verdad dolorosa: Nadie debe ser guardián de nadie. Solo de uno mismo.

La ciudad perdida

Siempre recordaré aquella batalla, aunque no sirvió de nada. Solo logró que mis ojos se perdieran en el aire, movidos por la soledad.

Aún recuerdo cómo me apuñalaste por la espalda. Como una rata de cloaca. Llevo esa cicatriz en la espalda, marcada por un monstruo que un día llamé «familia».

Como dije: mis ojos se perdieron en un lugar perdido. Un sitio conocido como la Ciudad Perdida. Allí se conservaban los ojos de todos los que fueron traicionados o se perdieron a sí mismos por su propia crueldad.

Mis ojos no deberían estar ahí. Yo no era malo. Me volvieron malo.

¿Conoces el dicho? «Un villano no nace, se crea». Pues eso me hicieron. Me fabricaron. Me condenaron.

Mi identidad se desintegraba con cada recuerdo. Vivía ciego, usando el resto de mis sentidos aprendidos a golpes. No recordaba cómo era mi rostro. Ni mi cuerpo. Solo aquel día maldito.

Me cansé. Decidí ir a la Ciudad Perdida. Solo. El riesgo era demasiado alto para llevar a alguien.

Esa ciudad solo se alcanzaba a través de la mente. Y solo entraban los verdaderamente poderosos… o rotos.

El ambiente olía a podredumbre. El suelo estaba cubierto de huesos, espadas ensangrentadas, cuerpos decapitados. Una ciudad sembrada de muerte.

Allí, los ojos eran lo más valioso. Se les atribuía el poder de la felicidad. Por eso, todos enloquecieron. Por eso, los que mandaban construyeron una cámara secreta. Allí guardaban todo: oro, reliquias… y los ojos.

Era casi imposible acceder.

Los guardianes la protegían: seres de cinco metros, con cuernos de metal decorados con cráneos. Garras afiladas. Pezuñas veloces. Eran pesadillas vivientes.

Avancé. La gente sin ojos caminaba como zombis, atrapados por siempre. Yo pensaba que no me veían, pero al no tener ojos, desarrollaban otros sentidos.

Me movía con cuidado. Respiraba lento. No podía oler a miedo.

Llegué a la puerta de la cámara. Usé mi don. Cerré los ojos y me transformé en uno de ellos. Funcionó. Los guardianes me dejaron pasar.

Dentro, seguí fingiendo para no activar las trampas.

Llegué a los ojos. Tantos. Miles. No recordaba ni el color de los míos. Pero al tocar mis cuencas vacías, algo despertó. Supe cuáles eran. Me los puse. Al instante, una alarma sonó.

Abrí un portal en mi mente. Crucé. Y antes de irme, escuché a los condenados llorar. Lloraban por no haber podido recuperar lo que una vez fueron.

Me dolió. Pero no podía hacer nada. Solo seguir adelante con mi vida y sin ataduras.

La guerra (primera parte)

Te regalé mi último latido. Lo sostenías con tus manos sudorosas. No te importó. Lo usaste para hacerte más fuerte. Pensaste que lo tenías todo. Que con un chasquido, acabarías conmigo.

No me derrotaste. Me enterraste en las tinieblas de tu alma. Te di el poder y tú lo tomaste sin agradecerlo. Te marchaste, dejando flores secas tras de ti. Tomé una y se deshizo entre mis dedos. Supe entonces que la oscuridad corría por tus venas.

Me escondí en un rincón oculto. Un lugar de armonía.

Las flores brillaban. El aire era puro. Los animales eran mis aliados. Paz verdadera.

Pero tú llegaste. Con tus criaturas.

No atacaste de inmediato. Esperaste. Corrompiste el lugar. Convertiste las flores en polvo, envenenaste el aire. Mataste a los animales o los convertiste en esclavos.

Rodeaste la zona con espinas. No te atreviste a enfrentarte a mí directamente. Enviaste a tus esclavos. Pero yo ya tenía un don: podía recrear todo lo destruido con mi aliento.

Reviví lo muerto. Y mejor: les di poder.

Los animales se convirtieron en guerreros. Algunos se teletransportaban. Otros se transformaban. Los más raros leían las mentes de tus esclavos.

Las flores me susurraban tus planes.

Estábamos listos.

Mi guardián era un gato naranja llamado Lucas. Sus ojos reflejaban la armonía.

Distribuí mi ejército:
Leones al frente.
Elefantes en las esquinas.
Águilas sobre los leones.
Panteras en segunda línea: negras que envenenaban; blancas que congelaban.
Serpientes detrás.
Y yo al fondo, esperando.
La niebla negra llegó. Estábamos en posición. Tú también.
Tu ejército: animales muertos.
Silencio absoluto.
Las flores me advirtieron: venías por detrás también. Pero yo tenía un plan.
Había osos detrás de nosotros, ocultos.
Dejamos espacio. Formamos un pasillo.
Te lo permití. Te acerqué. Levanté mi espada de espinas.
Y con esa señal comenzó la guerra.

La guerra (segunda parte)

Empezó la guerra más fría de la historia. Caían muertos de mi tropa, pero yo los revivía como podía. Me tenían que mantener a salvo. Si yo moría, todo estaría perdido.

Mi gato Lucas corrió hacia mí para protegerme. Lanzó un hechizo poderoso que fortaleció a todos los animales. Miraba a mi alrededor, tratando de salvar tantas vidas como fuera posible. Tus criaturas eran fuertes, sí. Pero eso no significaba que fueras a ganar. Ni en broma.

Los osos protegían la retaguardia. Ningún enemigo lograba colarse por ahí.

Un águila de tu bando descendió veloz, arañándome la mejilla. Lucas lo vio. Saltó hacia ella y de un zarpazo le cortó la cabeza. Aquel águila era tu mascota. Te vi enfurecerte.

Corriste hacia mí, lanzándome al suelo.

Luchamos. Fue difícil.

Mi espada disparó espinas que se clavaron en tu ojo. Gritaste de dolor, arrancándotelo con tu propia mano. Luego giraste la muñeca y toda la niebla me envolvió, alzándome por los aires. Tus águilas me vieron: vinieron a rescatarme. Dos me atraparon y descendimos furiosos al campo de batalla.

Aún no sabías de lo que era capaz.

Golpeé dos veces el suelo con mi espada. Bolas de fuego emergieron del suelo y el cielo, aturdiéndote.

El tiempo jugaba en nuestra contra.

Ordené a los pumas negros y blancos que formaran una barrera. Los negros exhalaron su aliento venenoso; los blancos, su aliento helado. La unión de ambos creó un muro infranqueable. Nos replegamos hacia el bosque, hacia el muro que tú mismo habías creado.

Los leones cargaron con los heridos. Subí sobre uno de ellos. Teníamos que huir rápido.

Llegamos. Los osos derribaron el muro. Escapamos. Escondí a todos. Esta vez... me encargaría de ti yo solo.

Las flores me susurraron que estabas solo, en el bosque. Fui a buscarte.

Me camuflé en lo alto de un árbol. Salté sobre ti, derribándote, con mi espada apuntando a tu garganta.

Intentaste decir algo. No te di la oportunidad.

Te corté el cuello al instante.

Todos tus esclavos, perdidos en la oscuridad, fueron liberados. Yo, por fin, pude ser feliz en el lugar que había construido con tanto esfuerzo.

El cementerio

El cementerio. Un lugar de tristeza, de soledad. Hay gente que encuentra paz en ellos. Yo no. Yo escucho a los espíritus acechando tras cada tumba. Estar allí es un calvario.

Te contaré mi historia.

Era un día normal. Me dirigía a la universidad. Primer año de Psicología. Estaba nervioso. Hacer nuevos amigos me daba pereza… y miedo. Ese verano había muerto mi mejor amiga. Aún no lo había superado.

Mis amigos solían visitarla en su tumba. Yo no podía. No soportaba verla allí. Aún la veía en las esquinas. Pensaban que la había olvidado. Pero ¿cómo? Murió en mis brazos.

Aquel día, estábamos en su casa viendo una peli de terror. Sus padres se habían ido al pueblo. Ella me pidió que me quedara. No quería estar sola. Decía que algo la observaba. Yo no la creí.

Durante la película, noté que estaba rara. Ausente.

Me quedé dormido en el sofá. Me despertó un ruido. Venía del baño. La oí hablando con alguien. Me acerqué sin hacer ruido. Solo hablaba ella. Nadie respondía.

Abrí la puerta despacio. Me miró.

—Vete. Corres peligro.

Me empujó y cerró la puerta. Escuché golpes. Pero solo la veía a ella.

Forcejeé la puerta. Al entrar, la encontré en la bañera. Con las muñecas cortadas.

La tomé en mis brazos. Aún estaba consciente. Su mirada estaba perdida. Susurró algo. Acerqué mi oído:

—Está detrás de ti.

Me giré asustado. Nadie.

—No hay nadie, Miranda —le dije.

Me acarició el rostro… y me regaló su último suspiro. Vi una sombra en sus ojos.

Llamé a sus padres. Vinieron corriendo. Me encontraron en el sofá, en *shock*, con la mirada fija. Aún escucho sus gritos.

Me levanté, cubierto de su sangre. Su padre me estampó contra la pared, exigiendo respuestas. No hablé. Solo lloré. Lo abracé.

Volvamos al presente.

Ese día, mis amigos iban a visitarla al cementerio. Yo no.

Fui a la universidad. Abrí la puerta… y me encontré en un cementerio.

Giré. La puerta había desaparecido. Solo había lápidas.

Escuchaba voces a mi alrededor. Me giraba sin parar. Hasta que vi a una chica. Detrás de una tumba. Con los ojos brillantes.

No quería pensar que era Miranda.

Retrocedí. Choqué con un nicho. Me quedé paralizado. Entonces, unas manos me taparon la boca. Intenté zafarme.

Era su tumba.

Lloré. Toqué el mármol. Al tocarlo, mi cabeza se alzó. Mis ojos se tornaron azules. Un *déjà vu* invadió mi mente. Los recuerdos me dolían.

De pronto, unas manos me empujaron. Volví en mí con un dolor de cabeza.

—Lo siento… —susurró una voz en mi oído.

Era su voz. Me derrumbé. Lloraba desconsolado.

Cayó la noche. La luna era la única luz.

Fui a las verjas. Cerradas. No podía salir.

El cementerio despertó.

Los fantasmas salieron. Algunos tristes, otros escapaban. Yo la buscaba entre ellos.

Y la vi. De pie, frente a su tumba.

—Miranda —salió de mi boca.

—¿Qué haces aquí? —preguntó, preocupada.

—No lo sé. Algo me trajo —le respondí.

—Mierda… será él otra vez —dijo, temblando.

—¿Quién?

Me señaló. Un espíritu. Oscuro. Absoluto.

Mi corazón se encogió.

Ella se puso delante de mí.

—Tienes que irte ahora.

—No, Miranda.

El espíritu levantó sus manos. Miranda desapareció.

Nos quedamos él y yo. Frente a frente.

Los demás fantasmas miraban como si fuese una película. Protagonista y villano. Última escena.

Él no se movía. Solo se reía.

Una tumba se abrió. Justo a mi medida.

Una ráfaga me lanzó dentro. Manos salieron de la tierra. Me sujetaban.

Me retorcía. Luchaba. No pude.

Él se acercó. Con una pala. Comenzó a enterrarme.

Le rogué. Le supliqué.

No importó.

Y así terminó mi vida.

Enterrado vivo por el fantasma que mató a Miranda.

Visiones

Capítulo I

Lo que estás a punto de leer no es una simple historia, sino una que cada vez que la cuento me pone la piel de gallina... y a quien la escucha, también.

Era mi primer día en la universidad. Estaba nerviosa. Lo típico: no saber qué ponerme, preguntarme si haría amigos, cómo serían los chicos... tonterías. Mis padres y mi hermano pequeño, Alec, me acompañaron para ayudarme a instalarme.

—Acuérdate de tomarte tus vitaminas, por favor. Y ten mucho cuidado. Ay, ¿has cogido la crema para la cara? —decía mamá sin parar—. Míralo, ¡corre!

—Oh, sí, mamá, por favor, tranquilízate. Que no me voy a otro país. Solo está a treinta minutos de casa —le respondí, rodando los ojos.

—Vale, cariño, ya paro —contestó ella, con ese tono tan preocupado que solo las madres tienen.

Llegamos a la universidad. Entre todos cogimos el equipaje.

—Uf, qué buenas vistas hay por aquí —dijo Alec, riéndose.

—Cállate, asqueroso —respondí con cara de asco.

Me sorprendió lo grande que era la universidad. Cuando llegamos a mi habitación, me despedí de ellos. No pensé que sería tan duro.

Empecé a instalarme. Colgué los pósteres de mi grupo favorito, puse fotos de la familia… Al abrir la caja de la ropa, encontré un sobre cerrado. Me quedé mirándolo: no recordaba haberlo puesto ahí. Lo abrí con cuidado. Era una foto. No cualquier foto, sino una de Hannah, mi hermana fallecida hace un año. Una lágrima rodó por mi mejilla. Me la sequé, colgué la foto dentro del armario y me derrumbé.

Hacía mucho que no la veía. Entonces, la puerta se abrió.

—¡Hola! Soy Maggie, tu compañera de habitación —dijo sonriendo de oreja a oreja.

—Eyy… soy Hannah. Encantada —respondí, tratando de disimular que había llorado.

—¿Y qué estudias?

—Psicología. ¿Y tú?

—Derecho.

Se hizo un silencio incómodo.

—Bueno, voy a echar un vistazo a la universidad —le dije, saliendo con la voz entrecortada.

La foto de mi hermana me había revuelto todo. Sentía una angustia terrible. Corrí al baño más cercano y vomité. Me senté en la taza del váter para calmarme… hasta que algo sucedió: una imagen irrumpió en mi mente, como una visión.

Un coche. Dentro, dos personas. Un hombre decía:

—Tranquila… ahora verás lo que hacemos con la gente que sabe nuestro secreto.

Golpearon la puerta del baño y desapareció la visión. Abrí la puerta y salí corriendo. No entendía nada. Fui a la cafetería. Pedí un café y no dejaba de darle vueltas a lo ocurrido. Sentía que esto no era el comienzo, sino la antesala de una tormenta.

Salí al jardín de la universidad. Me senté en un banco. Un chico se acercó:

—¿Vicky? —preguntó, asustado.

—No… soy Hannah, su hermana —respondí, sin pensarlo.

El chico palideció.

—No… no puede ser. Ahora cambia todo —dijo, mientras se iba apresuradamente.

Intenté seguirlo, pero no lo alcancé. Terminé en un callejón, jadeando. Vi en el suelo una foto de mi hermana, pero no era mía. La tomé. Al tocarla, otra visión me golpeó.

No distinguía bien. Solo palabras sueltas. Árboles. Una explosión. Una figura ahorcada.

Mi hermana padecía de ansiedad y depresión. Durante años estuvo mal. Apenas hablaba, no comía, vivía encerrada. Toda la familia lo pasó muy mal. Yo intentaba ayudarla, escucharla… nada funcionaba. Por eso decidí estudiar Psicología: para ayudar a personas como ella.

La ansiedad y la depresión son un infierno. Yo, por suerte, no las he vivido como ella. Pero la vi desaparecer por culpa de ese dolor.

Mucha gente cree que la depresión no existe. Que es para llamar la atención. Que quien la sufre está loco. Pero ¿cómo alguien va a inventarse semejante sufrimiento?

Hoy en día, no solo murió mi hermana por eso. También mueren adolescentes por acoso escolar, niños por maltrato, personas por su físico, por racismo, por homofobia. Dicen que eso ya no existe… pero si fuera cierto, ¿por qué tantos aún lo padecen?

Volvamos a la historia.

Capítulo 2

La visión era confusa. Solo *flashes*. Un árbol muy viejo. Una persona colgando. Una explosión.

Cuando terminó, un dolor insoportable me invadió. Grité. Me derrumbé en el suelo. Todo se volvió borroso. Apenas veía. Escuché pasos. Solo logré distinguir unas botas masculinas, grandes. Perdí el conocimiento.

Ahí sentí ansiedad por primera vez. Esa asfixia. El mundo girando. Pensar que vas a morir.

Desperté tiempo después, bajo la lluvia. Cada gota me calaba hasta los huesos. Busqué la foto… Había desaparecido.

La tormenta era inminente. Corrí a mi habitación para darme una ducha. Estaba empapada.

—¿Qué te ha pasado? —preguntó Maggie.

—Nada. Me caí. Me mojé —contesté y me encerré en el baño.

Me tomé una pastilla para la ansiedad. Estaba temblando. Me quité la ropa, hecha un desastre. El agua me calmó, pero la sensación persistía: *esto no es el comienzo…, es el aviso de lo que viene.*

Maggie me invitó a una fiesta para los de primer año. Le dije que no. No tenía fuerzas para fiestas.

Intenté dormir. Mi mente no paraba: las visiones, la foto, el chico que conocía a mi hermana, el hombre de las botas.

Sonó el despertador. 7:00. No había dormido. Pero no podía faltar el primer día.

A las 7:50 salí. Mi primera clase era Psicología del Aprendizaje. Tardé diez minutos en encontrarla. Entré con la cabeza gacha. Solo quedaba un asiento libre. Dos horas de presentación bastaron para darme cuenta de que cuando empezasen las clases teóricas iba a ser duro.

A la hora del almuerzo, me dio vergüenza sentarme sola. Vi a Maggie con un grupo.

—¿Puedo sentarme?

—Claro —dijeron amables.

—¿Cómo te llamas? —preguntó un chico.

—Hannah… —dije sin pensar.

Reí nerviosa. Parecían majos. Pero algo me perturbó: una chica en otra mesa me observaba sin pestañear. Su mirada me heló.

De pronto, un pájaro se estampó contra un árbol. Todos nos sobresaltamos. Volví la vista hacia la chica. Ya no estaba. Agarré mis cosas y me fui.

A las 14:30 acabaron las clases. Fui al comedor con el mismo grupo. La comida no era excelente, pero pasaba.

—¿Habéis oído que se ha suicidado un chico de la uni? —preguntó uno.

—A mí me han dicho que parece más un asesinato —añadió Maggie.

—¿Quién era? —pregunté, nerviosa.

—Nick. Primero de Psicología.

Sentí que se me caía el alma al suelo.

Era el chico que confundió mi identidad y huyó.

Corrí a buscar información. Recordé que en la sala de profesores tenían listados de alumnos. Entré cuando no había nadie. Tomé la libreta de primero de Psicología y me fui a mi habitación.

Busqué su nombre. Vi su foto.

Era él.

Solté la carpeta. Al tocar el suelo, otra visión me golpeó: el mismo árbol. El mismo cuerpo colgado. La misma explosión. Pero esta vez... vi su cara. Era Nick.

Lloré. Me dolía el alma. Entonces escuché un ruido en el baño. Me acerqué, temblando.

No podía creer lo que veía.

Las paredes estaban cubiertas con fotos de mi hermana.

Fui a tomar una cuando un crujido sonó detrás de mí. Una respiración suave. Una mano fría me tomó del hombro.

Un susurro:

—No queda mucho. La tormenta llegará muy pronto.

Se apagó la luz. Temblaba. Encendí de nuevo. No había fotos.

Me senté en la cama, helada de miedo. Temblaba. ¿Estaba perdiendo la cabeza? ¿Esquizofrenia? ¿Delirio?

Me dormí del agotamiento.

Desperté a las 6:30 de la tarde. Confundida. Agotada.

Solo quería que esta pesadilla acabara.

Pero sabía, muy dentro de mí... que esto no había hecho más que empezar.

Capítulo 3

Escuchaba por los pasillos que Nick sufría de ansiedad y depresión, igual que mi hermana. A lo mejor Hannah era amiga de Nick... pero ¿de qué se conocían? ¿Y por qué Nick no fue al entierro de Hannah si eran cercanos? Esas preguntas no tenían respuesta. Me daba pena que Nick hubiera acabado así.

Todo esto removió recuerdos muy dolorosos sobre la muerte de mi hermana.

Decidí ir al pueblo de al lado para despejarme. Aproveché para mirar cosas de clase y, para qué mentir, también ropa. Me sentía mal, pero no un malestar cualquiera: eran pinchazos fuertes en la cabeza. Pensé que era por las visiones. Y, la verdad, no me extrañaría.

¿Por qué yo? ¿Por qué una chica de dieciocho años tenía visiones? ¿Y si mi hermana tenía secretos que nunca conocimos?

Recuerdo perfectamente el día que murió. Fue un miércoles a las 6:30 de la mañana. Yo estaba dormida. Me desperté de golpe, sabiendo que algo malo le había pasado. Fui corriendo a despertar a mis padres. Me preguntaban sin parar qué ocurría. Yo solo les decía:

—A Hannah le ha pasado algo malo.

Diez minutos después, nos llamaron para decirnos que mi hermana había muerto en el bosque.

Nunca supimos la causa real. Según los médicos, la encontraron semidesnuda apoyada en un árbol. No me dejaron verla, dijeron que el estado en el que estaba era demasiado fuerte para mí. Mis padres lo intentaron todo para averiguar la verdad, pero ni siquiera la policía pudo resolverlo.

Me paré en una cafetería. Hacía frío y necesitaba entrar en calor. Pedí un café y me senté junto a la ventana. Me gusta observar a la gente y tratar de imaginar sus vidas… creo que lo hago para evadirme de la mía.

Pensaba en todo lo que había pasado esta semana. Sentía que todo estaba conectado, como si alguien o algo me estuviera esperando desde antes de que llegara.

Fui a casa de mis padres. Sé que solo había pasado una semana, pero nunca había estado tanto tiempo lejos de ellos. Sentía que necesitaba verlos y también buscar información sobre mi hermana. Cogí el autobús. En el camino pensaba en cómo hacerlo sin levantar sospechas. Si preguntaba directamente, sería demasiado obvio.

Al llegar, hablé con mis padres y Alec. No quise sacar el tema de Hannah enseguida. Pero luego le pregunté a Alec si él también sintió algo el día que murió. Su rostro cambió por completo. Me miró, me tomó de la mano, y con lágrimas en los ojos me dijo:

—Sí… pude sentir su muerte. Igual que tú.

Lo abracé con fuerza. Sentí una energía extraña entre nosotros. Le pregunté:

—¿Has sentido eso?

—¿El qué?

—Nada… cosas mías —respondí.

Fui a la habitación de Hannah. Necesitaba estar cerca de sus cosas, en su espacio. Empecé a mirar sus álbumes de fotos. Me vinieron recuerdos, sonreí sola. Ojalá estuviera aquí conmigo. Ojalá hubiera visto lo lejos que ha llegado su hermana. Ella también habría llegado lejos.

Volví a la universidad agotada del viaje. Fui directa a ducharme. Entonces lo vi: una foto mía con mi hermana, pegada en la pared. Yo no la había puesto ahí. Ni siquiera recuerdo haberla traído.

Recordé una foto igual en casa de mis padres. La tomé… y al girarla, vi una nota escrita detrás:

«La tormenta está a punto de llegar.»

Se me heló el cuerpo. Si esa foto estaba hace treinta horas en casa, alguien tuvo que haberla traído. Agarré el móvil y llamé a Alec.

—¿Estáis bien?

—Sí, ¿por qué lo preguntas?

—Nada… nada —contesté aliviada.

Me metí en la bañera para relajarme. Sentía una tensión constante, una carga de energía negativa que no sabía cómo explicar. Me puse los cascos. Cerré los ojos.

Al abrirlos de nuevo, vi la figura de un hombre mirándome fijamente. Abrí completamente los ojos. Y en un instante, desapareció.

Salí corriendo del baño. Intenté comportarme como una universitaria normal. Cené con Maggie y su grupo. Quería volver a sentirme una chica normal… y no una loca.

Recordé a mi hermana antes de caer en la depresión. Era una persona luminosa, alegre. Siempre me he preguntado qué la apagó por dentro.

Cuando comenzó a hundirse, no dijo nada. Mis padres lo notaron. Le ofrecieron ir al psicólogo, pero ella decía que era «para locos». Yo no pensaba así. Ir a terapia es algo normal. Incluso cuando no estás tan mal, hablar ayuda.

Recordé de nuevo aquella sensación cuando abracé a Alec. Era familiar. Por un momento sentí que era ella.

Capítulo 4

Llegó el día de la fiesta universitaria. La verdad, no tenía muchas ganas. Pero necesitaba hacer cosas de una joven normal, olvidar —al menos por un rato— todo lo que me estaba pasando.

No sabía qué ponerme. No quería ir muy suelta, pero tampoco como una monja. Al final, me arreglé como pude. Fui con Maggie y su grupo.

La fiesta no era la mejor del mundo, pero no estaba mal. Bebimos, bailamos… me estaba divirtiendo. Después de dos semanas horribles, me lo merecía.

Me entraron ganas de ir al baño. Atravesé el local entre parejas liándose, gente drogándose, vómitos… un verdadero espectáculo. Encontré un baño libre, entré y me encerré.

Entonces la puerta empezó a temblar. Pensé que alguien llamaba. Pero no… era un temblor fuerte, extraño. Me subí los pantalones y fui a salir. Al tocar el pomo, me quemé: ¡estaba ardiendo! Las luces comenzaron a parpadear. Silencio total. Y luego… crujidos. Huesos… como si se reconstruyeran.

Un soplido muy suave me rozó. Sabía que algo me observaba. Encendí la linterna del móvil. Miré las esquinas. No había nada. Pero… se movía rápido.

Algo cayó del techo. Se posó detrás de mí.

Me quedé paralizada.

Algo húmedo y áspero me rozó el cuello. ¿Una lengua? ¿Me estaba saboreando?

La criatura se colocó frente a mí. Era horrible. Boca abierta. Dientes grandes. Lengua larguísima.

Yo no podía moverme. Estaba paralizada.

Entonces, una luz estalló desde mi pecho. Desintegró a la criatura.

Caí de rodillas, temblando. ¿Qué acababa de pasar? ¿Qué era esa luz? ¿Cómo la había provocado?

Estaba débil. Como si me hubieran drenado toda mi energía. Una lágrima cayó al suelo.

Justo al tocar el suelo, mi cuerpo se elevó.

Todos mis músculos, mis huesos, mis arterias, mi sangre se congelaron. Una visión irrumpió:

Una explosión. Pero no una bomba: una explosión de energía.

Un hoyo. Criaturas horribles saliendo. Masacrando todo a su paso.

Al terminar la visión, mi cuerpo cayó. Y no desperté.

Caí en un sueño profundo.

Me desperté en un lugar oscuro, lleno de niebla. Solo susurros. Me ponían los pelos de punta.

Caminé. Escuchaba voces, pero no entendía nada. Vi una figura… una mujer…

Era mi hermana.

Tenía los ojos en blanco. Los míos también se volvieron blancos. Me tomó de las manos. Me mostró una imagen: las dos, abrazadas, rodeadas de una energía poderosa. Capaz de destruir el mundo.

La imagen desapareció.

Una risa escalofriante retumbó.

Desperté en mi habitación. Alguien me había llevado. Me dolía todo el cuerpo.

¿Quién me había llevado sin que nadie me viera?

¿Qué quería mostrarme mi hermana?

¿Y esa risa espeluznante?

No lo sé.

Pero tengo algo claro:

No acabaré como mi hermana.
Mataré lo que me persigue.
Y vengaré su muerte.

Capítulo 5

Sabía que la muerte de mi hermana no había sido algo normal. La mataron… pero no una persona. Fue algo sobrenatural. Quería respuestas, tanto sobre lo que me estaba pasando como sobre lo que le sucedió a ella. No sabía por dónde empezar. Mis padres no sabían nada, y Alec, mi hermano, menos todavía. Lo único que sabía era que necesitaba ayuda. Pero ¿de quién? No conocía a nadie como yo.

Sabía que había un mundo distinto, oculto tras lo que llamamos «realidad».

Recordé que en la universidad había una biblioteca enorme. Fui hacia allí sin saber exactamente qué estaba buscando. Recorrí pasillos, nada parecía útil… hasta que un libro cayó detrás de mí. Lo recogí. La portada era antigua. No tenía título. Solo la imagen de un dragón y una mujer con una espada, mirando hacia abajo.

Era un libro grueso. No sabía por dónde empezar. La biblioteca estaba vacía, no se escuchaba ni un murmullo.

De pronto, sentí una ráfaga de aire en la nuca. Me giré, pero no vi a nadie. Cuando volví la vista al libro, estaba abierto en la página 355. Yo no lo había tocado. En esa hoja había dibujos extraños, símbolos antiguos, como si fueran rituales.

Empecé a leer.

Hace siglos, una chica llamada Katherine fue creada por los dioses. Era un ser de luz, enviada desde los cielos para destruir demonios y toda manifestación del mal. Pero el demonio Nazharen creó a su propia campeona: Aradia, una criatura igual de poderosa, pero hecha de oscuridad y maldad.

Ambas lucharon durante siglos. Katherine, pese a su fuerza, fue derrotada. Aradia le lanzó un encantamiento que la condenó a la locura eterna. Los dioses, al no soportar verla así, la encerraron en la oscuridad para siempre.

Intenté buscar dónde la encerraron, pero el libro no lo decía.

Al pasar a la página siguiente, el libro se cerró de golpe. La mesa se sacudió. Me levanté de un salto y salí corriendo. Las luces comenzaron a apagarse una a una, dejándome a oscuras. Encendí la linterna del móvil.

Entonces volvió: esa risa espeluznante.

Vi una figura. Una mujer hecha de sombra, con alas negras terroríficas. Se elevó sobre mí y voló directo hacia mí. Me tapé con los brazos, llorando del miedo. En un segundo, algo me agarró y me transportó a mi habitación.

Permanecí en el suelo, en posición fetal. Cuando me di cuenta de que estaba en mi cuarto, bajé los brazos. Tenía algo en la mano: una hoja arrancada del libro.

«¿Ha sido eso real?».

Empecé a conectar los puntos: lo que mató a mi hermana, esa presencia que me perseguía, la historia del libro... todo tenía sentido.

Solo sé que si Aradia va a por mí no sé cómo voy a salvarme y cómo encontraré a Katherine.

Supongo que Katherine representa el bien de cada persona y Aradia lo malo. Si lo pensamos bien, siempre estamos luchando contra el bien y el mal.

Capítulo 6

Por fin, vacaciones de Navidad. Estaba agotada de exámenes, trabajos, deberes y del mundo. Necesitaba desconectar, estar con mi familia, alejarme de todo lo que me estaba ocurriendo.

Tenía dos semanas libres. Algunos días los dedicaría a terminar trabajos, pero, sobre todo, a investigar más sobre Katherine y Aradia.

Busqué en internet. Era difícil encontrar algo fiable. Había muchas versiones, muchas contradicciones.

Entonces, algo inesperado.

Una carta apareció por debajo de la puerta de mi habitación. El sobre era elegante, con un sello lacrado. La abrí:

Estimada Hannah:

Hemos estado observándote desde hace un mes. Sabemos que estás buscando información sobre Aradia y Katherine.

Te esperamos a las 20:00, detrás de la iglesia, junto a la universidad.

Esperamos tu visita.

Los Madison

¿Debía ir?

Quería respuestas, aun así, me asustó pensar que me estaban vigilando desde que llegué a la universidad.

Busqué información sobre los Madison. Según registros antiguos, eran una familia rica y poderosa, con muchas generaciones de historia. Pero desde 1990, desaparecieron sin dejar rastro.

Eran las 19:40. Decidí ir.

La noche era fría. Casi no había nadie en el campus. Llegué a la iglesia. Recordé que la carta decía «por detrás». Caminé hasta allí. Sentía que algo me seguía.

Mis pasos se aceleraron.

Esperé unos minutos. De pronto, escuché pisadas en los tejados. Dos hombres cayeron detrás de mí. Otras dos mujeres, delante.

No sabía si eran los Madison… o algo peor.

Una de ellas dijo:

—Pues sí que es guapa…

—La verdad, no parece una de nosotros —añadió la otra.

—¡Chicas, parad! No seáis tan pesadas —interrumpió uno de los chicos—.

Perdona a mis hermanas, cuando conocen a alguien nuevo se comportan así. Tú debes de ser Vicky.

—Sí… soy yo —respondí, nerviosa.

Un rugido espeluznante cortó la conversación. El chico me puso detrás de él.

—¡Aisha! ¡Tessa! ¡Cubríos! ¡Sacaremos a Vicky de aquí!

Las dos chicas desenfundaron espadas y corrieron hacia el peligro. Los chicos me cogieron del brazo. Uno se detuvo. De sus brazos brotaron espadas de hielo.

El otro me llevó a un callejón. Estábamos solos. Pronto se escuchó un crujido. Me puso detrás de él. Cerró los ojos, apretó los puños… y sus ojos se encendieron con llamas. También le salieron espadas, pero de fuego.

Nos quedamos quietos. Estábamos rodeados de demonios alados.

Llegaron los otros tres hermanos. Una de las chicas abrió un portal. Saltamos dentro justo a tiempo.

Aparecimos en una mansión a las afueras de la ciudad. Se sentaron en una mesa. Me ofrecieron vino y *whisky*. Rechacé el ofrecimiento.

—Bueno, ¿y esta es una de nuestras hermanas perdidas? —dijo uno.

—Se ve que sí —respondió otro.

—Yo soy Joel. Y este es mi hermano, Dylan —dijo el del fuego.

Las hermanas, Aisha y Tessa, se fueron sin hablar.

Una familia… peculiar.

Joel, elegante, con fuego. Dylan, el malote, con hielo. Las hermanas eran un misterio, pero noté que sus espadas estaban grabadas con runas. Una parecía tener luz estelar. La otra… aún no lo sabía.

— Estás en tu casa —me dijo Joel, tocándome el hombro. Le sonreí con una sonrisa tonta.

Exploré la mansión. Libros antiguos, runas, objetos sobrenaturales, salas de entrenamiento, una enfermería, un cuarto de hechizos… y solo una foto familiar.

—¿Te gusta la casa? —preguntó Aisha, apoyada en la pared.

—Sí, es curiosa —respondí con humor.

—Perdona por cómo fuimos antes. Es que… no es normal conocer a alguien como tú.

—¿Cómo yo?

—Sí. Eres una de nuestras hermanas perdidas.

—¡Chicas! ¡Al salón! —gritó Dylan.

Nos sentamos.

—Sabemos que esto es difícil de asimilar. Toda tu vida acaba de cambiar —dijo Tessa.

—Ahora te explicaremos todo —añadió Dylan—. Hace siglos, Katherine fue creada por los dioses para destruir el mal. Era la más fuerte… hasta que Nazharen creó a Aradia. Se enfrentaron. Katherine casi ganó. Pero Aradia la hechizó, condenándola a la locura. Los dioses encerraron a Katherine. Aradia se ocultó en los reinos del inframundo.

—¿Y qué tiene que ver conmigo? —pregunté, incrédula.

—Tú y tu hermana Hannah sois clave. Tú tienes sangre de Katherine. Ella, de Aradia.

—¡¿Qué?! —me levanté de la silla.

—Fuisteis adoptadas. Nuestros padres murieron a manos de un demonio. Nos dejaron huérfanos a los catorce años. Nos contaron que teníamos dos hermanas más. Pero vosotras erais demasiado poderosas. Si os separaban… moriríais. Os ocultaron con un hechizo que se rompería a los dieciocho años. Por eso Aradia encontró primero a Hannah. A ti… ahora.

No me podía creer lo que estaban diciendo. ¿Cómo iba a tener sangre de Katherine y mi hermana de Aradia? Era una locura.

—¿Por qué tenemos sangre de esas dos criaturas?

—Creemos que alguien quería que hubiese alguien que provocase el caos —explicó Tessa.

—Entonces… ¿Hannah fue consumida por Aradia?

—Sí. La devoró desde dentro —confirmó Joel.

Ahora lo entendía.

Mi hermana no se quitó la vida. Aradia se la arrebató.

Y yo… yo voy a vengarla.

Capítulo 7

Me asignaron una habitación para descansar. Me tumbé derrotada por todo lo que había vivido. Tenía sueño, pero no podía dormir. Mi mente era un torbellino de preguntas, miedos y visiones.

Cuando por fin concilié el sueño, otra visión vino a mí. Esta vez, más clara que nunca: vi a Nick hablando con Hannah sobre Katherine y Aradia. Mencionaron a alguien llamado Draven, un hechicero. Entonces, una figura los interrumpió. Era una mujer de pelo oscuro y garras afiladas.

—Mierda, ¡es Aradia! ¡Corre, vámonos! —gritó Hannah.

La visión se esfumó. Me desperté de golpe. Un ataque de ansiedad me asfixiaba, me ahogaba en mi propio aire. No podía respirar. Todo giraba.

Aisha entró corriendo al escucharme. Se sentó a mi lado, me tomó la mano y, con calma, dijo:

—Respira profundo. Siente mi mano sobre la tuya. Piensa en diez cosas que puedas ver ahora. Luego en cinco que puedas tocar u oler. Y, por último, en tres lugares que te gusten.

Su voz fue mi ancla. Me calmé.

—¿Mejor? —preguntó.

—Sí… gracias —respondí, con voz temblorosa.

—¿Qué te ha pasado?

—Estoy teniendo visiones de mi hermana… y de un chico llamado Nick.

Al oír su nombre, el rostro de Aisha se endureció.

—Mierda —murmuró.

—¿Qué ocurre?

—Nick es un brujo que llevamos semanas buscando. Necesitamos su ayuda. Pero no logramos encontrar su rastro.

Justo al decirlo, otra visión me sacudió. Me elevé sin control, temblando. Vi a Draven, Nick y Hannah en medio de un ritual. Aradia apareció de nuevo y todo se volvió caos. La visión terminó.

Me desmayé.

Desperté en la sala de enfermería. Aisha estaba sentada cerca, vigilando. Joel y Dylan discutían en voz baja. Tessa se acercó y dijo:

—Ya se ha despertado.

—¿Estás mejor? —me preguntó con una sonrisa dulce. Asentí con la cabeza.

—¿Desde cuándo te pasa esto de las visiones? —preguntó Joel.

—Desde hace unas semanas —respondí.

Todos se quedaron en silencio, pensativos.

—Creemos que Katherine está intentando comunicarse contigo —dijo Dylan.

—O… que es Aradia —añadió Joel con tensión.

—Sea quien sea, lo vamos a descubrir —intervino Aisha, tomándome la mano.

Era de día ya. No podía dormir más. Decidí adelantar algunos trabajos de la universidad, pero no tenía ni el portátil ni mis apuntes.

—¿Tienes que hacer algo? —preguntó Tessa.

—Sí, unos trabajos importantes, pero no tengo mis cosas.

—Dylan, Joel, id a recogerlas a la universidad —ordenó Tessa.

Fueron ellos. Si yo iba, sería demasiado peligroso.

Al regresar, Dylan me entregó una foto.

—Nos encontramos esto. Era una foto tuya con tu hermana… clavada en la pared con un cuchillo.

—¿¡Qué!? —dijo Aisha, enfadada.

Alguien estaba intentando afectarme. Emocional o físicamente… o ambas.

Me puse a trabajar. Tessa se acercó y preguntó:

—¿Qué estudias?

—Psicología.

—Te pega —respondió entre risas.

Me reí también. Por un momento, me sentí parte de algo. De una familia. Estaban luchando por mí, sin conocerme apenas. Cada uno hacía lo suyo. Tessa leía un libro de runas, Aisha revisaba hechizos, Dylan y Joel investigaban. Hasta que las luces se apagaron.

—¡Todos quietos! —ordenó Joel.

—Vicky, no te muevas. Tienes algo detrás —dijo Aisha con tono grave.

Me congelé. Vi la silueta reflejada en mi portátil. Un gemido de terror me salió sin querer.

—Joel, a la de tres… —ordenó Dylan—. Uno… dos… ¡tres!

Joel lanzó una bola de fuego, pero la criatura la esquivó. Todo quedó a oscuras. Solo se oían nuestras respiraciones. Un crujido nos hizo entender que la criatura estaba sobre la mesa.

—¡Aisha, Tessa! Llamad a vuestras espadas para alumbrar.

Un silbido agudo y ambas espadas aparecieron en el aire. Brillaban, aturdiendo a la criatura. Nos pusimos en guardia. Tessa y Aisha me protegieron. Joel, con un giro rápido, decapitó al demonio.

La luz volvió.

Era un demonio de Aradia. Su marca era inconfundible.

Entonces… una sombra cruzó detrás de nosotros.

Y apareció ella.

Aradia.

Dio un golpe de energía. Todos caímos al suelo.

—¿Pensabais que no encontraría a Vicky? —rio—. Tu sangre me pertenece. No pararé hasta tenerla.

Con un nuevo golpe, se desvaneció, llevándose el cuerpo del demonio.

Capítulo 8

Todos quedamos atónitos. Para ellos, esto era normal. Para mí, un episodio sacado de una pesadilla.

Tessa se agachó donde estuvo Aradia.

—Un pelo… —dijo—. Podemos usarlo para rastrearla con un hechizo.

Aisha, gracias a su linaje de hechicera, se ofreció para el ritual. Joel y Dylan empezaron a trazar un plan de ataque.

Tessa se sentó a mi lado.

—Vicky, necesito contarte algo. Draven fue quien os hizo el hechizo a ti y a tu hermana, el que mantenía vuestros poderes dormidos. Aradia lleva años buscándolo. Si él muere, no tendremos forma de sellarla de nuevo.

—¿Y Nick?

—Nick era su aprendiz. Lo mataron en tu universidad. Dicen que fue suicidio, aunque fue Aradia.

Una tristeza inmensa cubrió su rostro.

—Si ha encontrado a Nick... puede encontrar a Draven.

Tessa me llevó a su habitación. Me entregó una espada.

—No sé usarla... —le dije.

—Ella te guiará.

Me dio también ropa de combate. Justo al tocarla, otra visión me golpeó. Me elevé en el aire, me estampé contra la pared con los ojos en blanco. Tessa intentó ayudarme, pero yo estaba incrustada en la pared.

En la visión, vi a Katherine. Estaba encerrada. Me suplicó ayuda.

—Tienes que encontrar a tu hermana, salvarla de Aradia. Solo tú puedes liberarme.

Al despertar, no sentí dolor. No me desmayé. Era diferente.

—¿Qué has visto? —preguntó Tessa.

Le conté todo.

Aisha propuso una forma de «entrar» a esa visión.

Nos sentamos en círculo, velas encendidas.

—Relájate. Piensa solo en Hannah —dijo Aisha.

Lo hice.

Vi miles de visiones, hasta que encontré a mi hermana. Estaba en la oscuridad, inmóvil, ojos blancos. Me acerqué.

—Hannah... soy yo, Hannah. Estoy aquí para salvarte.

Le tomé la mano. Una lágrima cayó. Sus ojos volvieron a la normalidad.

—¿Eres tú? —lloró—. ¡No deberías estar aquí!

—Ya no estás sola. Nuestros hermanos me protegen.

—Yo no puedo buscarlos. Aradia me vigila.

Entonces, una risa helada se acercó.

—¡Corre! Yo me las arreglaré.

Volví en mí.

—¿Y bien? —preguntaron todos.

—La encontré… y la liberé. Katherine también podrá escapar ahora.

Todos celebraron. Aisha y Tessa me abrazaron. Una vela se apagó.

Pensamos que era Aradia.

Pero no.

Era Katherine.

Apareció con su lanza dorada y su cabello negro mirando hacia abajo, rodeada con una especie de luz dorada. Su belleza era irreal.

—Hola, Vicky. Tú eres mi aprendiz —dijo con una voz angelical.

—S-sí —respondí, temblorosa.

—Tenemos mucho que hacer.

Nos contó la verdad. Katherine estuvo a punto de vencer a Aradia, pero fue hechizada. Los dioses la encerraron y, antes de hacerlo, extrajeron su sangre para pasar su poder a una futura sucesora: yo.

Aradia hizo lo mismo. La sangre demoníaca fue dada a Hannah por accidente. La oscuridad la consumió.

Aradia quería que ambas —Hannah y yo— nos uniéramos. Formaríamos un núcleo de poder capaz de abrir el inframundo y desatar el caos.

La realidad era que Aradia era la ansiedad y la depresión.

Katherine, por el contrario, representaba a las personas buenas, llenas de luz, de bondad.

«Lo siento mucho, Hannah. No te merecías nada de eso. Fuiste muy fuerte».

Esto también va dirigido a aquellas personas que han caído en una guerra sentimental. No sois débiles por haber caído, sino que os vais a levantar luchando.

Capítulo 9

Nos preparamos para buscar a Draven. Estaba nerviosa, nunca había hecho algo así. En realidad, nadie se había enfrentado a un demonio como Aradia. Tessa, Aisha y yo nos arreglamos juntas. Por lo que vi, Aisha y Tessa tenían su propia sala de entrenamiento, y Joel y Dylan la suya.

Las espadas de ellas eran impresionantes: una hoja de metal superfina pero resistente, y el mango de oro macizo. Cada una tenía unas runas diferentes. Al parecer, compartían un mismo poder, pero cada una poseía otro distinto. Aisha me entregó dos catanas.

—No sé usarlas, Aisha —dije, avergonzada.

—Tranquila. Estas dos catanas están hechas para ti. Nadie más las ha usado. Se crearon con tu sangre. Tu hermana tenía un látigo de metal, pero nunca llegó a usarlo —contestó.

—Oye, una cosa... ¿Conocisteis a mi hermana? —pregunté.

—No. Sabemos que nos estuvo buscando, pero Aradia se lo impidió —respondió Tessa.

Ambas comenzaron a entrenarme un poco. La verdad, sabían mucho de lucha.

—Tienes que sentir las catanas. Así, ellas te guiarán —dijo Aisha.

—Cierra los ojos, respira, y siente las catanas —añadió Tessa.

Les hice caso. Sentí cómo las catanas se integraban en mis manos y comenzaron a moverse solas.

—¿Lo ves? Ya está —dijo Aisha.

Las tres nos reímos. Me sentía más tranquila.

—Oye, ¿te gustaría hacerte tu primera runa? —preguntó Tessa.

—Va, sería un honor hacértela con nosotras —añadió Aisha.

—Vale —asentí.

Mi primera runa debía representar algo importante para mí, algo que me hubiese marcado. Una forma de honrar lo que había superado. Así que decidí hacerme la runa de la depresión y la ansiedad. Aunque yo no lo hubiese sufrido, mi hermana sí. Me la hicieron con un láser.

—Ya está, terminado —dijo Tessa.

Katherine llegó a la sala donde nosotras estábamos.

—Veo que te has hecho una runa —comentó, sonriendo.

—Sí —respondí, sonrojada.

—Vicky, quería darte las gracias por lo que has hecho por mí. Si no fuera por ti, aún seguiría encerrada en la cripta. Toma, para ti —dijo, entregándome un collar—. Es el que llevaba en mis batallas. Da buena suerte y valentía.

Era un collar precioso: tenía un ángel volando hacia arriba.

—Oye, Katherine, ¿la lanza que tienes está hecha con lágrimas de ángeles? —preguntó Tessa.

—Sí. Está forjada con las últimas lágrimas de algunos ángeles —respondió, observándola con admiración.

—Lo sabía. Tenía razón —dijo Tessa, satisfecha.

—Os acompañaré a buscar a Draven. Por si aparece Aradia —comentó Katherine.

Le dimos ropa de esta época, ya que aún vestía como si viniera de siglos atrás.

—Qué ropa más moderna... Menos mal que ya no tengo que llevar siempre vestidos —dijo, tocándose la camiseta con curiosidad.

Todas nos reímos.

Katherine comenzó a entrenar. A pesar de los siglos sin hacerlo, se movía con una agilidad asombrosa. Su lanza deslumbraba con solo mirarla. Aisha y Tessa también peleaban muy bien. Les pregunté por sus poderes:

—Aisha puede crear bolas de luz, y yo, dagas de luz con mis manos —respondió Tessa—. Además, nuestras espadas son de luz solar.

Joel y Dylan también estaban entrenando. Por lo visto, llevaban tiempo intentando crear bombas de hielo y fuego.

—Eh, chicas, ¡ya conseguimos que funcionen las bombas! —dijo Joel, entusiasmado.

—Menos mal, después de tres meses —respondió Aisha, burlona.

—Sí, ¿te acuerdas cuando a Joel se le congeló la mano? —añadió Tessa. Katherine y yo estallamos en carcajadas.

—¡Ya basta! —intervino Dylan, en defensa de su hermano.

Ya estábamos todos listos para la misión. Aisha tenía que hacer el hechizo de rastreo para encontrar a Draven y a Aradia.

Lo primero era localizar a Draven: si moría, todo se vendría abajo. Luego habría que encontrar a Aradia y matarla. O, al menos, encerrarla en el inframundo para siempre.

Mientras terminábamos de prepararnos, un ruido vino del exterior. Nos pusimos en guardia.

—¿Alguien más sabe, aparte de Aradia, dónde está este lugar? —preguntó Katherine.

—No. Nadie más —respondió Joel.

Nos agrupamos en un círculo. Yo no sabía muy bien qué hacer. Aisha me cogió de la mano.

—Recuerda: la catana te guiará.

Suspiré.

—¿Preparados? —preguntó Tessa—. ¡Vamos a bailar!

Todos aguardábamos algo. De pronto, un demonio atravesó la ventana, otro entró por la puerta y un tercero cayó del techo. Joel y Dylan fueron a por el de la ventana. Tessa y yo, a por el de la puerta. Katherine y Aisha se encargaron del que cayó del techo.

—Vicky, pasa el dedo por una de las catanas —me indicó Tessa.

Lo hice. La catana salió disparada y se clavó en el brazo del demonio. Volvió al instante. Eso lo dañó, pero lo enfureció.

—¡Vicky, cierra los ojos! —gritó Tessa.

Lo hice. La espada de Tessa lanzó un rayo de luz, aturdiéndolo. Mis manos empezaron a moverse solas. Le clavé una catana en el estómago. Tessa saltó para darle en la cabeza, pero el demonio la golpeó y la estampó contra la pared.

Me quedé sola. El demonio se abalanzó sobre mí y me tiró las armas. Hacía fuerza para arrancarme la cabeza, pero una luz salió de mí y lo desintegró. Su sangre me cubrió.

Corrí a levantar a Tessa.

—Oye, muy bien. Para ser tu primer combate, nada mal —me dijo.

Íbamos a ayudar a los demás, pero otro demonio atravesó la pared.

Nos miramos. Corrimos juntas hacia él. Le clavé mis catanas, y Tessa, su espada. Su cabeza explotó con el brillo solar de su arma.

Fuimos a donde estaban Katherine y Aisha. Joel y Dylan luchaban en el jardín con otro demonio. Katherine brillaba en combate. Se deslizó por el suelo y clavó su lanza en el abdomen del enemigo.

Solo quedaba uno. Salimos al jardín. Dylan lo congeló, y Joel lo desintegró con una llama.

—Uf, cuánto echaba de menos esto —dijo Katherine, girando los hombros.

La mansión quedó algo destruida. Me sentía poderosa. Qué pena que mi hermana no estuviera con nosotros. Me la imaginaba a mi lado, luchando juntas.

—Para ser tu primera pelea, nada mal —dijo Joel.

—Has peleado como una guerrera – añadió Katherine.

Ella me llevó a una sala.

—¿Sabes que me recuerdas a una valquiria que conocí? Svetlana. Llegó a ser reina de las valquirias. Peleaba con honor. Quizás tú llegues a ser como ella —me dijo, tocándome el hombro.

Le sonreí y la abracé. Volvimos con los demás.

Aisha estaba haciendo el hechizo de rastreo.

—Lo tengo. Está en las montañas —anunció, golpeando la mesa.

Ahora faltaba encontrar a Aradia. Lo intentamos varias veces sin éxito. Estábamos desesperados.

Entonces, una visión llegó a mí.

Aradia estaba en un castillo, por fuera en ruinas, pero por dentro intacto. Sentada en un trono de calaveras, rodeada de sus hijos demonios.

—¿Qué has visto? —preguntó Dylan.

—A Aradia. Está en un castillo abandonado. Está dentro, en un trono de calaveras.

—Sé dónde es —dijo Katherine.

—¿Dónde? —preguntó Aisha.

—Es el castillo donde fue creada. El castillo de Nazharen.

Fui a mi habitación a lavarme la sangre del demonio. Me miré la runa en el brazo. La acaricié y una lágrima cayó por Hannah. Siempre recordaré el día en que la consumieron la depresión y la ansiedad. Nunca lo olvidaré.

Pasaron los días. Quedaba poco para volver a clases. ¿Podré seguir con mi vida después de todo esto? No lo sé. Pero ese no era el momento para pensar en ello.

Observé mis catanas. Fascinantes. ¿Cómo habían creado algo así solo para mí?

«Ey, hermanita, ¿qué haces hoy», me llegó un mensaje de Alec.

«Hola, hermanito. Estoy haciendo trabajos de clase, le respondí.

«Ah, vale. Era por si nos veíamos y nos tomábamos un café», contestó.

«Lo siento. Otro día», mentí.

Odiaba mentirle. Pero no podía contarle nada. No lo creería, y lo pondría en peligro.

«No puedo perder a otro hermano».

Tocaron a la puerta.

—Pasa —dije.

Era Dylan.

—Hola. ¿Cómo estás? —preguntó, con tono sincero.

—Bueno… bien. Para saber que tengo sangre de un ángel, que mi hermana estaba metida en esto, que un demonio la mató, y que ahora… bueno, ambas tenemos poderes… —respondí, riendo.

—Ah, entonces no lo llevas nada mal, ¿eh? —dijo también riendo—. Si necesitas algo, puedes contar conmigo. De verdad.

No había hablado mucho con él antes. Pero era un buen tipo.

Al salir, me encontré con Joel.

—Una cosa, Joel. Si mis padres sabían todo esto, ¿por qué no nos dijeron nada al cumplir los dieciocho?

—Cuando Draven os lanzó el hechizo, también lanzó uno para borrar la memoria de vuestros padres. Si recordaban, Aradia os encontraría fácilmente.

—Chicos, es hora de irnos —nos interrumpió Tessa.

Capítulo 10

Íbamos a ir donde se ubicaba Draven, en las montañas. Aisha tenía que abrir un portal, pero antes de hacerlo, entré al baño y me encontré con Katherine. Se estaba cambiando.

—Uy, perdona —dije.

—Tranquila, no pasa nada —respondió ella. Me fijé en su espalda: tenía dos cicatrices.

—¿Te gusta mi espalda? —bromeó.

—No, no, perdona —respondí, avergonzada.

—Es broma. Me quemaron, haciéndome una cicatriz para que no desplegara las alas —dijo.

—Cuánto lo siento, de verdad —respondí con pena.

—Sé que algún día romperé esa cicatriz y volveré a desplegar mis alas. Bueno, vamos al lío —añadió, guiñándome un ojo.

Al salir del baño, una visión me vino de golpe y caí al suelo. En ella, vi cómo Aradia iba camino de la cabaña de Draven con algunos de sus hijos.

—Despierta, Vicky, despierta —escuché la voz de Katherine.

—¿Estás bien? —me preguntó con preocupación.

—Sí, sí, estoy bien —respondí.

—¿Qué has visto, Vicky?

—He visto a Aradia. Está yendo con sus hijos a por Draven.

—¿Tenemos que avisar a los demás?

Fuimos al comedor. Todos estaban ya preparados.

—Chicos, acabo de ver que Aradia se dirige hacia Draven —avisé, alarmada.

—Mierda, tenemos que ir ya, cogerle ventaja —dijo Joel.

—Aisha, abre el portal —ordenó Dylan.

Aisha lo hizo y todos entramos en él.

Llegamos a la montaña, aunque aún quedaba algo de camino hasta la cabaña.

—Esperad. Aradia también está aquí —advirtió Katherine.

—Joder. Va a llegar antes que nosotros —comentó Tessa.

—Joel, Aisha, venid conmigo. Vamos a retrasarla —ordenó Katherine.

Joel, Aisha y Katherine partieron a detener a Aradia, mientras Tessa, Dylan y yo fuimos en busca de Draven.

—¿Estás preparada? —me preguntó Dylan.

—Si te digo que sí, miento.

—Tranquila. Estamos aquí para defenderte —añadió Tessa.

Llegamos a la cabaña. Si no fuera por los otros tres, no lo habríamos conseguido. Me la imaginaba diferente, más... de brujo. Pero era bastante normal.

Dylan llamó a la puerta.

—Hola. ¿Hay alguien?

No respondían.

—¿Se habrá ido? —preguntó Tessa.

Justo entonces, la puerta se abrió.

—Os estaba esperando —dijo Draven.

Era un hombre normal. Me lo imaginaba con barba blanca, como el de *El señor de los anillos*.

—Hola, Vicky. Cuánto tiempo.

La casa era bonita: tenía pociones, libros de hechizos y frascos con cosas muertas. Algo normal de un brujo.

—Venimos a pedirte ayuda —dijo Tessa.

—Bueno... ¿en qué puedo ayudaros?

—Queremos saber cómo matar a Aradia —dije.

—Solo hay una forma —respondió.

—¿Y cuál es? —preguntó Dylan.

—Con la sangre de Hannah —dijo, como si fuera cualquier cosa.

Nos quedamos sin habla.

—Pero si mi hermana está muerta... ¿Cómo vamos a conseguir su sangre? —pregunté.

—Vicky, tu hermana no está muerta —aseguró Draven.

Dylan y Tessa se miraron y suspiraron.

—¿Cómo que no está muerta?

—No la mataron. Solo hicieron creer eso. Está encerrada en una cripta. La encerró Aradia. Ella vino a mí en busca de ayuda, pero no sirvió. Nick la protegía, pero Aradia mató a ese pobre chico. Era como un hijo para mí. Aradia quiere que tú y tu hermana os unáis. Si eso ocurre, nacerá un núcleo del que saldrán todas sus criaturas al mundo. No podemos permitirlo.

Antes de que pudiéramos asimilarlo, la casa tembló.

—¿Qué coño es eso? —preguntó Tessa.

—No lo sé, pero se acerca —respondió Dylan.

—¿Qué hacemos, Draven?

—Nada podrá entrar. Tengo un hechizo de protección.

—Esperemos... —susurró Tessa, con miedo.

El temblor aumentaba. Del suelo emergió una serpiente roja gigantesca.

—Apartaos —ordenó Draven. Lanzó un hechizo que la inmovilizó.

—Tessa, Vicky, clavadle las espadas en la cola —gritó Dylan.

Él le lanzó una bola de hielo al cuerpo, pero no sirvió. La serpiente se libró del hielo y rugió con fuerza. Al romper el hechizo, volaron pedazos por todas partes. Uno impactó en Draven, dejándolo inconsciente.

Tessa, Dylan y yo nos quedamos solos. Busqué algo útil y vi un frasco con la palabra ácido.

—¡Escondeos! —grité.

Tessa y Dylan se ocultaron mientras yo me quedé frente a la serpiente. Siseaba, acechándome. Con decisión, lancé el frasco a su boca. Se debilitó. Tessa aprovechó y, con un salto, le cortó la cabeza.

—Eso ha estado bien —dijo Dylan.

Alguien tocó la puerta con fuerza. Eran Aisha, Joel y Katherine.

—Tenemos que irnos. Aradia está cerca. La hemos retrasado lo que hemos podido —dijo Katherine, con el rostro ensangrentado.

—Dylan, coge a Draven —ordenó Tessa.

—Aisha, abre un portal —dijo Joel.

—Ya está aquí —susurró Katherine.

Todo quedó en silencio. La noche cayó de golpe, junto con un extraño polvo del cielo.

—Poned a salvo a Vicky —ordenó Dylan.

—Joel, Aisha, quedaos con Vicky y Draven —indicó Tessa.

Aisha comenzó el hechizo. Yo me asomé a la ventana: Katherine y Aradia luchaban en el campo, mientras Tessa y Dylan enfrentaban a los demonios. Katherine perdía terreno; llevaba siglos sin pelear. Tessa y Dylan estaban agotados. No podía quedarme de brazos cruzados.

Mis manos comenzaron a brillar. Se formó un núcleo de luz. Abrí la puerta.

—¿Dónde vas, Vicky? —gritó Joel.

Me elevé del suelo, como un ángel, los ojos amarillos, brillando.

—¡Cerrad los ojos! —grité.

Todos obedecieron. El núcleo explotó en el cielo. Los demonios se desintegraron. Aradia salió volando, estrellándose contra un árbol. Me miró con furia.

—Habéis ganado esta lucha, pero no la guerra —dijo, antes de desaparecer.

Corrí a ver cómo estaban los demás.

—Eh, el portal ya está —dijo Dylan.

Entramos.

Ya en casa, Draven comenzaba a recuperar el conocimiento.

—Habéis peleado bien. Me gusta este grupo de guerreros —dijo Katherine.

Yo estaba exhausta. Pero sus palabras me emocionaron. Que un ángel diga algo así... era impresionante.

«Hola, hermanita. Estoy por la universidad. ¿Nos vemos un rato?». Era Alec.

«Hola, hermanito. No estoy en la universidad», le respondí. Me dejó en visto.

No quería que pensara que no quería verlo. Pero en esos momentos no podía. Y eso me rompía por dentro.

Fui a ducharme. Mientras preparaba la ropa, un sobre apareció por debajo de la puerta. Lo recogí, extrañada. Lo abrí.

¿Quieres saber más sobre lo que está pasando? A las 8:30, en tu habitación de la universidad.

¿Quién sería?

Fui al cuarto de Aisha, donde también estaba Tessa.

—Chicas, alguien me pasó esto por debajo de la puerta.

—¿Quién puede ser? —dijo Tessa.

—No lo sé... —contesté.

—Solo hay una forma de saberlo: ve —añadió Aisha.

Nos preparamos para ir sin alertar a los demás.

Ya en la universidad, casi vacía por las vacaciones, nevaba. Hacía un frío insoportable. No quería toparme con mi compañera de cuarto. Y justo...

—Hola, Vicky —era Maggie.

—Hola… —respondí, nerviosa.

—¿Qué tal las navidades?

—Bien, sin más —contesté, seca.

—¿Estas son tus amigas?

—Sí, Aisha y Tessa.

—Encantada —dijeron ambas.

—Oye, la luz de la habitación está encendida. ¿Has estado?

—Ay, sí. Se me habrá olvidado apagarla. Ahora voy —respondí, a la vez que nos marchábamos.

—¿Quién habrá allí arriba? —preguntó Aisha.

Ninguna respondió.

Entramos en la universidad.

—¿Por

qué psicología? —preguntó Tessa.

—Por todo lo que le pasó a mi hermana. Me di cuenta de la importancia de la salud mental. Hay tanta gente como ella… Quiero ayudarles.

—Qué buena eres —dijo Aisha, guiñándome un ojo.

—Bueno, ya estamos. ¿Quién abre la puerta?

Tessa dio una patada, abriéndola.

—Tú sí que sabes entrar con elegancia —dijo Aisha, riendo.

No había nadie. Miré el reloj: las 8:25.

—Chicas, mirad esto —dijo Tessa.

Era una pulsera. De un hombre.

—¿De quién es? —preguntó Aisha.

La miré detenidamente.

—Es de mi hermano Alec —dije.

—Muy bien, hermanita. Me has pillado —dijo Alec, detrás de nosotras.

Aisha y Tessa se pusieron en guardia.

—¿Qué haces aquí?

—He venido a verte. Y a matar a tu compañera de cuarto. Ven, Maggie —ordenó Alec.

Maggie entró con la boca amordazada, temblando.

—Tranquila, Maggie. No te pasará nada —le dije.

—Qué bonito. Vas a salvarla… como intentaste salvar a Hannah —rio Alec.

—¿Por qué haces esto? —pregunté, llorando.

—La pregunta es si te mataré o no —sacó una espada.

—Vicky, ponte detrás de nosotras —ordenó Tessa.

—¿Tus nuevas hermanas van a defenderte? —escupió Alec.

—¡¿Por qué?! —grité.

—Porque no soy tu hermano. Nunca lo fui. Hace años hice un hechizo para que tu familia creyera que yo lo era. Las fotos, todo… son falsas. Soy el hermano de Aradia.

—¿Y el hechizo de Draven?

—Funcionó por un tiempo, pero a los trece os encontramos. No os secuestramos porque aún no teníais poder suficiente.

Entonces cogió a Maggie y le puso la espada en la garganta.

—¡Por favor, Alec, para!

—¿Que pare? —Y comenzó a cortarle lentamente el cuello.

Maggie cayó al suelo. Corrí hacia ella. Mientras le presionaba la herida, Tessa y Aisha luchaban con Alec. Era muy fuerte. Le clavó la espada a Tessa en el hombro y saltó por la ventana.

—Es hora de irnos —dijo Aisha.

Yo quería salvar a Maggie, pero ya era tarde. Aisha abrió un portal y huimos.

Capítulo 11

Entramos en la mansión con Tessa herida. Todos los demás estaban en el salón, preocupados.

—¿Dónde estabais? —preguntó Joel.

—¿Qué ha pasado? —dijo Dylan.

—Luego os lo explicamos, pero ahora hay que curar a Tessa —respondió Aisha, sujetándola.

Fuimos a la sala de enfermería. Tessa estaba perdiendo mucha sangre.

—Chicos, dejádmela a mí un momento —dijo Katherine, apartando a Aisha.

Katherine puso sus manos sobre la herida de Tessa. Todos observábamos en silencio. De pronto, una luz brotó de sus manos, curando la herida. Nos sentimos aliviados: Tessa estaba fuera de peligro, aunque necesitaba reposo.

—Bueno, ¿nos explicáis qué ha pasado? —preguntó Katherine, cruzándose de brazos.

Les conté todo lo ocurrido, sin omitir ningún detalle.

—O sea, que tu hermano Alec no es tu hermano, sino el hermano de Aradia —dijo Joel.

—Sí, así es —afirmé.

—El hermano de Aradia... Ahora todo tiene sentido. Por culpa de Alec, Hannah cayó en depresión. Él puede absorber el alma de alguien solo con estar cerca —explicó Katherine.

No podía creerlo: había vivido con un demonio creyendo que era mi hermano. Era de locos.

—¿Y Draven? ¿Cómo está? —preguntó Aisha.

—Bien. Ya está consciente. Está buscando una forma de matar a Aradia —respondió Dylan.

Todavía me costaba asumir que Alec era uno de los culpables. Había convivido con un asesino. Mierda... mis padres. Tenía que protegerlos de Alec. Pero ¿cómo?

—Katherine, ¿me puedes ayudar, por favor? —le pedí, angustiada.

—Claro. Dime, ¿qué pasa? —respondió, preocupada.

—Si Alec le hizo eso a mi hermana, tengo miedo de lo que pueda hacerles a mis padres —dije, asustada.

—Vale, dame un segundo —respondió, yendo a buscar a Draven.

—Hola, Vicky. ¿Qué necesitas? —preguntó Draven.

Le conté mis temores.

—Vale. Haré un hechizo para traerlo aquí, enviarlo al castillo de Aradia y bloquear su acceso a tu casa —dijo.

Me pareció buena idea.

Otra preocupación cruzó mi mente: si mis padres no veían a Alec, se alarmarían. Así que le pedí a Draven que borrara la memoria de todos los que lo conocieran, menos la mía.

—Vicky, el hechizo ya está hecho. Aparecerá en un rato —anunció Draven.

—Gracias, Draven —le sonreí—. Ah, y otra cosa: ¿puedes lanzar un hechizo de borrado de memoria para todos los que conocen a Alec?

—Sí, claro. Dame un segundo —respondió, cerrando la puerta.

Me sentía algo más aliviada.

—Vicky, ya está hecho —informó.

Entonces oímos un ruido tras él. Draven me miró con intensidad, levantó la mano e hizo un chasquido. Se oyó un gemido de dolor. Abrió la puerta.

—Hombre, ya estás aquí. Te estábamos esperando —dijo burlándose.

Yo me levanté de la cama, asustada.

—Quédate quieta —me ordenó.

Draven alzó ambas manos, hizo un movimiento y Alec desapareció.

—Ya está todo en orden —dijo.

Fui a la sala de entrenamiento, donde estaban las chicas. Katherine practicaba con su lanza, Tessa arreglaba herramientas de combate y Aisha observaba para aprender.

Sentí un frío extraño, como si una oscuridad se apoderara de mí. Mareada, me apoyé en la pared.

—¿Estás bien? —preguntó Tessa, acercándose. No le respondí.

Al tocarme, algo salió de mí gritando con una expansión de luz. Todas salieron despedidas. Yo seguía gritando y llorando. Creé una burbuja de luz que impedía el paso.

—Vicky, para, por favor —rogó Aisha, aterrada.

—¡Controla la luz! ¡No dejes que se apodere de ti! —gritó Katherine.

No veía nada, solo escuchaba sus voces. La burbuja crecía. Los chicos llegaron alarmados, pero no podían entrar.

Dentro de mi cabeza, escuchaba a Aradia.

—¡Déjame en paz! —grité, llevándome las manos a la cabeza. Me desmayé.

Desperté en una cripta parecida a la de Katherine. Escuché un llanto. Me acerqué: era mi hermana, encadenada.

—¡Vicky! —corrí hacia ella.

—No... Tienes que irte —lloraba más fuerte mientras intentaba soltarla.

—No me iré hasta liberarte —insistí.

—Si Aradia te atrapa, estamos perdidos —me susurró. Una risa resonó en la oscuridad.

—¡Vete, Vicky, vete! —repetía desesperada.

Las cadenas eran muy fuertes. Una ráfaga me arrastró. Aradia apareció, desplegando sus alas demoníacas. De pronto, algo cayó del techo: era Katherine.

—¡Escóndete, Vicky! —ordenó.

Fui hacia Hannah para liberarla.

—¡Vete! —gritó ella.

—Chicas, ¿necesitáis ayuda? —dijo Joel, apareciendo.

—¡Ayúdame con las cadenas!

—Aparta —ordenó.

Levantó su espada y las rompió.

Hannah quedó libre. Joel la sostuvo.

—¡Draven, abre el portal! —gritó Joel.

El portal se abrió. Katherine había herido a Aradia. Entramos, pero Aradia se coló. Volando, agarró a Katherine y la estampó contra una estantería. Ella se levantó, se crujió el cuello, desplegó sus alas blancas y ganó fuerza. Levantó su lanza y la lanzó, clavándola en la pared. Rodeamos a Aradia: no tenía escapatoria.

Saqué una catana para matarla, pero un portal se abrió y Alec apareció. Tomó a Katherine y le hizo un corte en el pecho, llevándose su sangre.

El portal se cerró.

—Mierda, mierda y mierda. Estamos jodidos —dijo Tessa.

—¿Y ahora qué? —preguntó Joel.

—¡Calma! —gritó Dylan.

—Tenemos que impedir que hagan el núcleo con la sangre de Hannah y Vicky —dijo Aisha.

—Vale... ¿Y si formamos un ejército? —propuso Katherine.

—No suena mal. Pero ¿a quién podríamos llamar? —pregunté.

—Yo iré al mundo de las valquirias —dijo Katherine.

—Yo contactaré con los brujos —dijo Draven.

—Yo hablaré con la Reina Muerte —dijo Aisha.

—Yo buscaré a los infiltrados —dijo Dylan.

—Conozco algunos gigantes —añadió Tessa.

—Yo iré a por los hombres lobo —dijo Joel.

—Pues, manos a la obra —dijo Katherine, aplaudiendo.

Había que turnarse para que Vicky no se quedara sola. Me ofrecí a quedarme.

—Vicky, ¿me acompañas al mundo de las valquirias? —me preguntó Katherine.

—Prefiero quedarme con Hannah —respondí, acariciando a mi hermana.

—Es que si vienes tú, será más fácil convencerlas. Ellas pueden reconocer mi sangre en ti —dijo.

—Ve, Vicky. Yo estaré bien —me dijo Hannah.

Preparé mis cosas. Katherine me esperaba en el jardín.

—Suerte con las valquirias —me deseó Tessa, abrazándome.

—Igualmente —le respondí.

Dylan se despidió desde la ventana. Los demás estaban ocupados.

—¿Preparada? —dijo Katherine, dándome un leve golpe en el hombro.

—Sí. ¿Y cómo vamos a ir? —pregunté, cubriéndome del sol.

—Ahora verás.

Me tomó de la mano y desplegó sus alas. Volamos. Al cruzar las nubes, un destello nos cegó.

—Ya estamos —dijo Katherine, plegando sus alas—. Tenemos que ir a ese castillo —señaló.

Atravesamos un bosque con seres inofensivos. Al llegar, unas puertas gigantes se abrieron. Salió un grupo de valquirias. Me quedé sin palabras.

—Hola, Katherine. Esperábamos tu llegada —dijo una, quitándose el casco—. Entrad, por favor.

Dentro, había gente normal. Una estatua de una valquiria con las alas desplegadas decoraba el salón. Nos miraban, pero no con hostilidad.

—Perdón por las miradas. No suelen venir forasteros —explicó la valquiria.

—Tranquila, es normal —respondió Katherine, sonriendo a un niño.

—¿Tú eres Vicky? —me preguntó.

—Sí.

—En este reino todos te conocen —dijo, señalando a la gente.

¿Cómo era posible?

—¿A qué habéis venido? —preguntó.

—Aradia tiene la sangre de las dos hermanas. Necesitamos ayuda —explicó Katherine.

—Lo esperábamos —respondió la valquiria—. Hablaré con la reina. Esperad aquí.

—¿Crees que nos ayudarán? —le pregunté a Katherine en voz baja.

—No lo sé. Lo veremos —respondió.

Una chica se me acercó.

—Hola. ¿Eres Vicky? ¡Qué emoción! Todos aquí hablan de ti. Te llaman La salvadora de los reinos —dijo.

—Astrid, deja a la joven —reprendió una valquiria.

—Perdón. Es que todos están emocionados —dijo.

Un grupo se acercó. Entre ellas, la reina.

—Hola, Katherine. Cuánto tiempo. —La abrazó.

—La última vez no acabé muy bien —bromeó Katherine.

—Pensábamos que habías muerto. Pero hace unas semanas supe que seguías viva —dijo la reina.

—Estaba encerrada en una cripta. Vicky me salvó —explicó.

—Vicky, dicen que eres poderosa —me dijo la reina, dándome la mano—. Habéis venido por ayuda, ¿verdad?

—Sí. Buscamos un ejército para matar a Aradia —dijo Katherine.

—Contad con nosotras. Mandaré un grupo de valquirias.

Salimos a esperar. Eran al menos cincuenta. Volaron. Katherine me tomó la mano y volamos también hacia la mansión.

—¡Guau! Lo habéis conseguido —dijo Tessa, admirada.

—Chicas, acomodaos. Estáis en vuestra casa —añadió Aisha.

Aisha convenció a la Reina Muerte. Ella trajo sus ejércitos de muertos vivientes. Draven organizaba a brujos y hechiceros. Dylan estaba con los infiltrados: gente capaz de teletransportarse. Joel vino con los hombres lobo —bruscos, pero eficaces—. Tessa consiguió a los gigantes: humanos que podían transformarse a voluntad.

Nos reunimos todos. Éramos muchos. Teníamos un buen ejército.

Capítulo 12

Los hechiceros empezaron a crear portales hacia el castillo de Aradia. Todos los seres comenzaron a entrar en ellos.

—¿Preparadas? —preguntó Tessa.

—No he estado más preparada en mi vida —respondió Aisha.

—Venga, chicas, vamos a matar a Aradia —dijo Katherine.

Salimos corriendo hacia el portal, lanzando un grito de guerra. Al atravesarlo, ya estábamos frente al castillo.

La Reina Muerte alzó sus brazos, y su ejército de muertos emergió de la tierra. Los hombres lobo se transformaron en bestias. Las valquirias desplegaron sus alas en formación defensiva. Los brujos se mezclaron entre las filas para protegernos. Los infiltrados se situaron en la retaguardia. Los gigantes eran nuestra última baza. Todos esperábamos a que Aradia saliera con su ejército.

—Faltaba yo, ¿no? —dijo Hannah, apareciendo detrás de mí.

—¿Qué haces aquí? —pregunté, enfadada.

—No me iba a perder esta lucha —respondió, decidida.

Aradia salió entonces, acompañada de Alec y su ejército de demonios.

—¡Ahora! —gritó Dylan.

Todos corrimos hacia ellos, gritando. Los hechiceros y brujos levantaron una barrera mágica que nos protegía de las bolas de fuego enemigas. Las valquirias volaron alto para interceptar a los demonios alados. Los hombres lobo, más veloces, fueron los primeros en llegar. Los infiltrados se teletransportaron, cayendo en picado sobre los enemigos. La Reina Muerte lanzó un veneno desde sus manos mientras sus muertos peleaban. Las bajas eran numerosas en ambos bandos.

Katherine se lanzó al cielo para enfrentarse a Aradia. Un demonio de tamaño colosal estaba diezmando a los nuestros.

—¡Vicky, agárrate! —gritó una valquiria.

Me sujeté a ella, empuñé una de mis catanas y, al pasar por debajo del demonio, logré abatir a varios enemigos. La valquiria me lanzó directamente contra el demonio gigante.

Me clavé en su espalda con las catanas. Cerré los ojos y una ráfaga de luz brotó de mí, quemándolo por dentro. Cayó al suelo. Algunos hombres lobo se lanzaron sobre él, destrozándolo.

El ejército de la Reina Muerte unió parte de sus fuerzas y formó un dragón que voló por los cielos, escupiendo fuego sobre los demonios.

Katherine dominaba el combate contra Aradia, hasta que Alec intervino. Hannah y yo nos miramos. Sin necesidad de decir nada, corrimos hacia él. Los hechiceros nos protegían y las valquirias despejaban el camino de demonios Llegamos a dónde estaban ellos.

—Bueno, ¿a quién tenemos por aquí? A las dos hermanas —dijo Alec, justo después de matar a un hombre lobo. Lo miré con dolor.

—¡Te vas a arrepentir de haber nacido! —le gritó mi hermana, lanzándole una bola oscura al pecho.

Yo le lancé una catana que se le clavó en el hombro, dejándolo arrodillado.

—¿Duele mucho? —le pregunté, hundiéndosela más.

Él se levantó riéndose.

—Inútiles —espetó antes de lanzarse sobre nosotras. Nos golpeó a ambas. Le lancé mi otra catana, pero la esquivó. Nos sujetó del cuello, apretando con fuerza.

—Por fin juntas —murmuró, con tono oscuro.

Entonces, alguien lo golpeó por detrás, haciéndolo caer.

—Hola, chicas. ¿Necesitáis ayuda? —dijo Aisha, con Tessa a su lado.

Le colocaron las espadas en el cuello. Hannah le puso las manos sobre la cabeza y yo sobre el pecho. De ella salió oscuridad; de mí, luz. La fusión fue tan intensa que Alec explotó en mil pedazos.

—¡Chicas, una ayudita por aquí! —gritó Joel mientras rompía el cuello a un demonio.

Fuimos todas a luchar. Los hechiceros abrieron portales en el cielo: de ellos cayeron los gigantes. El ejército de Aradia estaba siendo derrotado. Los gigantes combatieron a los demonios más grandes.

Levanté la vista. Katherine seguía luchando contra Aradia. Dos amazonas se nos acercaron.

—¿Queréis que os subamos? —preguntó una de ellas.

Nos alzaron. Katherine le propinó un puñetazo a Aradia que la hizo caer. Me solté de la amazona y le clavé una catana en el costado. Hannah también se soltó, clavándole su espada en el otro. De nuestras espaldas brotaron alas: las mías, blancas; las de mi hermana, negras.

Aterrizamos juntas, con Aradia herida frente a nosotras.

—¡Dylan, congélale las piernas! —ordené.

Dylan lo hizo. Hannah y yo nos tomamos de las manos, y juntas formamos una esfera de luz y oscuridad que desintegró a Aradia. Todos sus demonios cayeron al instante.

La guerra había terminado.

Los seres de nuestro ejército regresaron a sus mundos.

TRES MESES DESPUÉS

Mi vida ha cambiado mucho. Ya no soy la persona de antes. Tengo una familia nueva. Mi hermana está viva; no puede vivir con mis padres por culpa del hechizo, pero ahora reside en la mansión con los demás hermanos.

Katherine va y viene. Se encarga de cazar villanos… Bueno, mis hermanos la ayudan, y yo también.

Mi hermana me dio unos relatos que escribió mientras atravesaba la depresión. Tenían títulos extraños, como *El bosque*, *El fuego que habita dentro de mí*, *La ferina*… Gracias a esos textos, he podido comprender un poco mejor cómo se sentía realmente. Algún día, la gente sabrá lo que nos pasó a mi hermana y a mí.

Ahora ya no soy una chica normal.

Ahora soy un ángel.

Y me llamo Vicky, la salvadora de reinos.

Y esto… Esto no es el final de mi historia.

Como dije antes, esto es solo el principio.

Índice